나는 파괴되지 않아

나는 파괴되지 않아

박하령 장편소설

"한 사회가 아이들을 다루는 방식보다 더 정확하게
그 사회의 영혼을 드러내 보여 주는 것은 없다."

_넬슨 만델라

요즘 난 뭐가 뭔지 잘 모르겠다.

언제쯤이면 모든 게 다 분명해질까?

모두와 연결된 선을 끊고

나 하나만 생각할 수 있는 일이

과연 존재하기는 할까?

차 례

3장

친밀함에 대하여

4장

구원에 대하여

프롤로그

창가에 앉은 지 벌써 몇 시간째다. 복도 의자에 앉아 몸을 틀고 밖을 보다 이제는 아예 두 발을 의자 위로 올려 모은 채 창틀에 팔을 괴고 하늘을 올려다보고 있다. 맑고 하얀 구름이 보인다. 폭신한 솜덩이 모양으로 자유롭고 경쾌하게 하늘 위에 떠 있는 구름을 보면 언제나 기분이 좋아진다. 내 마음 구석구석 살가운 기포가 가득 들어차는 것만 같다.

하늘과 구름은 늘 하나로 쳐야 한다. 둘은 따로 떨어질 수 없으니까. 물론 '구름 한 점 없는 하늘'이 있을 수는 있다. 하지만 그건 우리가 하늘을 한눈에 다 볼 수 없기 때문에 그렇게 말하는 것뿐이다. 부분만 보고 전체를 이야기하면 안 되니까. 그러므로 하늘과 구름은 하나다. 언젠가 내 가까이 내려온 구름을 본 적이 있다. 정말 신기한 경험이었다. 나를 관통하는 구름, 그것은 마치 존재하지 않는 것처럼 그냥 나를 살짝 적시고만 갔다. 그런 의미에서 구름을 '봤다'라고 말하기보다는 '느꼈다'라고 해야 할 것 같다. 멀리서 봤을 때의 구름과 나를 지나칠 때의 구름은 정말 달랐다. 하긴 다른 게 어디 구름뿐일까.

요즘 난 뭐가 뭔지 잘 모르겠다. 내가 아는 모든 게 다 헷갈린다. 아직 어려서일까? 언제쯤이면 모든 게 다 분명해질까? 지금은 초점이 맞춰지지 않은 뿌연 망원경을 들여다보고 있는 기분이다. 초점을 맞추면 모든 게 선명해지듯이 그런 시간이 정말 나한테도 올까?

세 시에 만나기로 했으니 이제 십 분 뒤면 주홍 선생님이 올 거다. 언제나 그러듯 밤색 가죽 가방을 들고 허리를 꼿꼿이 세우고 빠른 보폭으로 또각또각 소리를 내며 저 복도 끝을 돌아서 올 거다. 주홍 샘이 오는 상상만 해도 구두 소리가 들리는 듯하다. 빠른 보폭이 내는 구두 소리는 힘이 느껴져서 좋다. 확신에 찬 걸음걸이. 그런 것도 파는 거라면, 그래서 엄마에게 사 줄 수 있다면 정말 좋겠다는 말도 안 되는 상상을 해 본다. 또각거리는 발소리를 내며 힘 있고 절도 있게 나를 지켜 주는 엄마를 떠올려 보는 것만으로도 가슴이 찌릿찌릿해진다.

난 상상이 참 고맙다. 말이 안 되는 생각도 마구잡이로 실컷 할 수 있으니까. 상상은 너그럽다. 그래서 고맙지만 상상은 대개 현실이 되기 어렵다. 난 마구잡이 상상은 잘하는데 막상 현실이 될 구체적인 행동을 결정하는 건 어려워한다. 현실적인 잣대로 이것저것 재 봐야 하니까. 지금도 내가 어떻게 해야 할지 몰라 당혹스럽다. 아무리 생각해도 초점이 맞춰지지 않아 선명한 결론으로 이어지지 않는다.

주홍 샘을 만날까, 말까? 마음이 온통 어질러진 서랍 속 같다. 보이지는 않지만 저 멀리 복도 어디쯤에서 또각거리는 구두 소리가 들려온다. 엘리베이터 문이 닫힌다는 안내와 함께 구두 소리가 점점 가까워질 무렵, 난 발딱 일어나 반대 방향으로 달려 나간다. 다행히 내 운동화는 말이 없다.

말 없는 운동화는 한참을 달리다 지하철 계단을 디딜 즈음 모서리를 긁으며 나름 소심한 소리를 낸다. “찌이익”. 운동화는 단지 조심했을 뿐이다. 소리를 내야 할 때와 소리 내지 말아야 할 때를 아니까. 세상의 모든 것은 환경에 적응하고 길들여지고 결국 길들여진 만큼 잘하게 된다. 이를테면 나는 수건 세 번 말아 접기를 잘한다. 수건의 모서리를 마주 잡고 각을 정확하게 잡아서 개키는 데 선수다. 지난해에 요양원으로 봉사 활동 갔을 때 그곳 어른들이 내 솜씨를 보고 혀를 내둘렀다. 엄지손가락을 세우고 "예술이네!"라고 말한 분도 있었다.

우리 엄마는 구두 소리는 못 내지만 비명은 목청껏 잘 질러댄다. 집 안의 물건들을 똑바로 해 놓지 않거나 손을 제대로 씻지 않으면 귀청이 떨어져라 소리친다. 엄마는 뭔가 하고 있지 않은 나머지 시간에는 늘 찍찍이 테이프를 들고 있다. 넓은 투명 테이프를 바닥에 붙인 다음 '쫘악' 하고 뜯어내면서 집 안 모든 먼지를 색출해 낸다. 청결주의자인 엄마는 내가 제때 안 씻거나 정리를 못 하면 있는 대로 비명을 지르고 어떨 때는 내 등짝을 때린다. 여름철 얇은 티셔츠를 입고 있을 때 등짝을 맞으면 등 뒤에서 빠지직 번개가 내리친 느낌이 들 정도로 아프다. 하긴 청결은 나를 위한 건데 그걸 제대로 안 했으니 내가 맞을 짓을 한 게 맞다. 그래서 번개처럼 느껴지는 거겠지. 엄마가 잘 쓰는 '벼락 맞을 년'이라는 표현처럼 말이다.

덕분에 난 씻고 닦고 정리 정돈하는 일을 아주 잘한다. 다만 타의에 의해서 잘하게 된 일이기에 늘 약간의 불안 증세를 동반한다. 그래서 '적당히'가 안 된다. 학교에서도 교실 책상이 바닥에 그어진 얇은 금색 선과 일자로 맞춰져 있지 않으면 마음이 불편하다. 쉬는 시간 종이 울리면 난 어김없이 책상의 줄을 맞췄다. 내 뒤에서 반 아이들이 "재, 저거 병이야."라며 수군거려서 요새는 되도록 안 하려고 애쓰는데도 나도 모르게 발로 슬쩍 책상을 밀어 줄을 맞춘다. 습관이 이렇게 무섭다. 이러다 엄마처럼 손에 테이프를 들고 살게 될까 봐 가끔 겁이 난다.

약속을 어겼으니 주홍 샘이 전화할 게 뻔하다. 휴대폰을 무음으로 해 놓아서 다행이다. 문자에, 전화에, 음성 녹음도 와 있을 테지……. 휴대폰을 가방 깊숙이 넣는다. 확인했다가는 마음이 복잡해질 테니까.

오늘 루 오빠를 경찰에 신고해야 한다고 했다. 신고하면 변호사를 만나게 되고 그분이 나를 도와줄 거라고 했다. 그러니까 나는 '있었던 사실'만 이야기하면 된다고. 나머지는 어른들이 다 알아서 해 줄 테니 아무 걱정 말라고. 그 '나머지' 일이라는 게 뭔지 몰라서 미리 걱정할 수조차 없지만, 어쨌거나 '있었던 사실'이 널리 알려진다고 생각하니 무섭고 걱정스러웠다. 시아에게 들은 이야기도 점점이 깨진 유리 조각처럼 하나하나 마음에 아프게 박혀 있다.

"전 무서워요."

"그래, 쉽지 않겠지. 하지만 무섭다고 피할 수 없잖아."

"그래도……."

"연아, 넌 피해자야. 잘못한 게 없어. 그냥 네가 겪은 일을 사실 그대로 얘기하면 되는 거야.”

“그게…… 사람들한테 제대로 전달될까요?”

“있었던 사실이잖아. 누가 봐도 분명한 객관적 사실이니까. 간단명료하게 이야기하면 돼.”

주홍 샘은 ‘객관적 사실’이라는 말을 하면서 양손 엄지와 검지로 평면의 정사각형을 그렸다. 그걸 보면서 난 입체적인 사각형 상자를 떠올렸다.

객관적 사실은 하나가 아니다. 하나가 아니므로 분명하지도 않다. 그건 보는 사람에 따라 다르다. 면이 여섯 개나 되는 상자처럼 말이다. 누가 봐도 하나로만 볼 수 있는 객관적 사실은 흔치 않다. 물론 사물을 가리킬 때는 가능할 수 있겠지만, 스토리가 있는 사건이나 주인공이 여럿인 일에는 누가 봐도 분명한 한 가지 사실이란 없다. 저마다 입장이 있으니까. 이게 주홍 샘을 만날 수 없는 이유다. 주홍 샘은 ‘하나’라고 낙관하지만 분명 ‘여러 개’의 이야기가 서로 자기가 진실이라며 팔을 걷어붙이고 나설 것이다. 난 간단명료하게 이야기할 자신도, 내 것만 옳다고 주장하면서 싸워 이길 자신도 없다.

또 하나, 선생님은 나를 위한 일이니 내 생각만 하면 된다고 했지만 이미 내 안에는 나만 있지 않다. 내가 들어가 있는 여러 개의 교집합 관계들. 나라는 동그라미에 겹쳐진 여러 개의 다른 동그라미들. 엄마의 딸이면서 나영진(우리 아빠다) 씨 집안의 외동딸이고 태정고등학교 학생이고 우리 반 아이들의 반 친구이고 루 오빠의 사촌 동생이기도 하다. 모두와 연결된 선을 끊고 나 하나만 생각할 수 있는 일이 과연 존재하기는 할까?

그 일은 내 마음속 암실에서 나오는 순간부터 이미 거침없이 변색되었다. 내 의지와 상관없이 까발려지고, 주홍 샘 말대로 객관적 사실임에도 여러 사람의 관점에 따라 내용이 순식간에 각색되었다. 억울하고 슬펐지만 한편으로는 남들이 각색한 내용이 맞는지도 모르겠다는 생각이 들 때도 있어 머리가 터질 것 같았다. 이 모든 일이 나 때문인 것만 같았다. 큰엄마 말대로라면 나는 피해자이기만 한 게 아니니까. 내가 다 망쳤다고 했으니까. 아빠는 나를 다그치며 귀신보다 무서운 현실 운운하며 나더러 가족이 탄 배를 뒤집지 말라고도 했다.

폭탄이 펑펑 터지는 지뢰밭 한가운데 서 있는 기분이라 어디로 발을 내디뎌야 할지 모르겠다. 정말 주홍 샘 말대로 전문가들이 다 알아서 해 줄까? 카운트다운이 시작된 폭탄의 뇌관을 잘 해체해 줄까? 전문가니까? 혹시 이쪽저쪽 입장에 따라 손바닥을 쉬이 뒤집어 대지는 않을까? 평화를 위해 전쟁을 한다는 이율배반적인 진실처럼 이 일도 그렇게 되는 거 아닐까?

아니, 이 일은 어쩌면 나만의 마음속 암실로 다시 들어가야 제일 안전하리라는 생각도 해 봤다. 아무 목소리를 내지 않고, 나 혼자 삼키고 삭혀야 하는 거라고. 그래야 크게 덧나지 않고 나를 포함한 모두에게 돌아갈 피해가 최소화 되는 걸지도 모른다고. 하지만 다시 생각해 보니 그건 아니다. 닫힌 회로는 해롭다. 언젠가 닫혀 있던 옷장을 열었을 때 느꼈다. 매캐하기까지 한 먼지 냄새, 그곳에 바람과 빛이 드나들게 해야 한다.

그래서 독백을 하기로 했다. 나와 아무 상관이 없는 누가 멀찍이 높은 데서, 또는 낮은 데서 일정 거리를 두고 바라보면 큰 그림이 정확히 보일 거라는 생각이 든다. 그러면 누구는 내 이야기를 정말 '객관적 사실'로 받아들여 주지 않을까? 흐리고 뿌연 시야를 걷어 내고 나와 같은 높이에서 마주한 채로. 평행선으로 달리는 철길 같은 팽팽한 입장 차이 따위가 아니라, 있는 그대로의 이야기로 봐 주지 않을까?

하지만 독백을 하려는 진짜 이유는 내게 일어난 일을 이야기하면서 나를 바라보고자 함이다. 내가 나를 모르면 알 수 없는 힘이 나를 휘두르고 급기야는 나를 원치 않는 곳으로 계속 이끌어 갈 테니까. 고통스러워도 나는 나를 똑바로 바라보고 오답 체크를 해야 한다. 빛을 향해 몸을 돌릴 수 있게 스스로를 독려해야 한다. 주홍 샘이 그랬다. 그간의 일들은 내 잘못이 아니라고. 하지만 이 일이 계속되게 놔두는 건 내 잘못이 될 수 있다고.

출구를 찾는 일은 내 몫이니까.

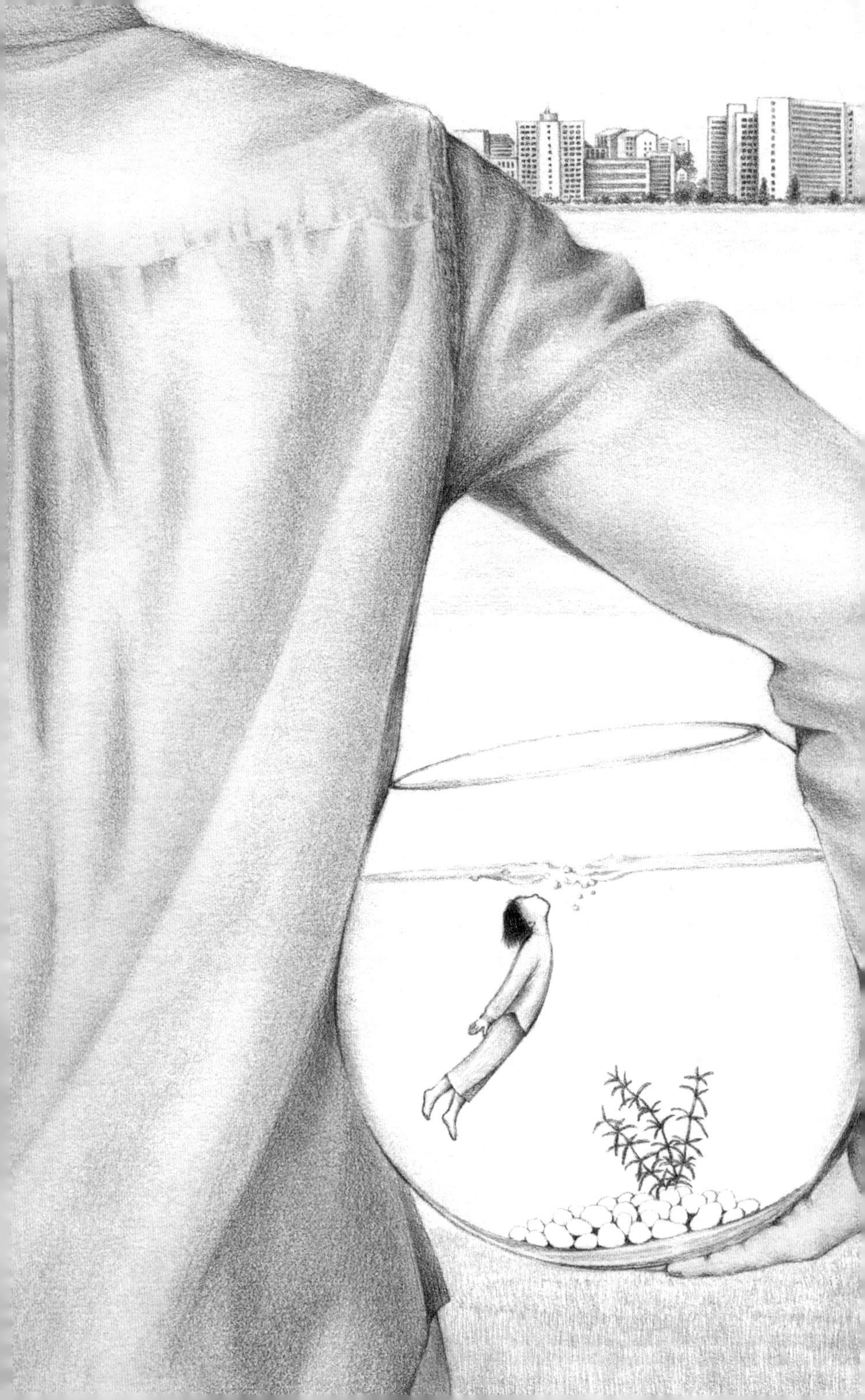

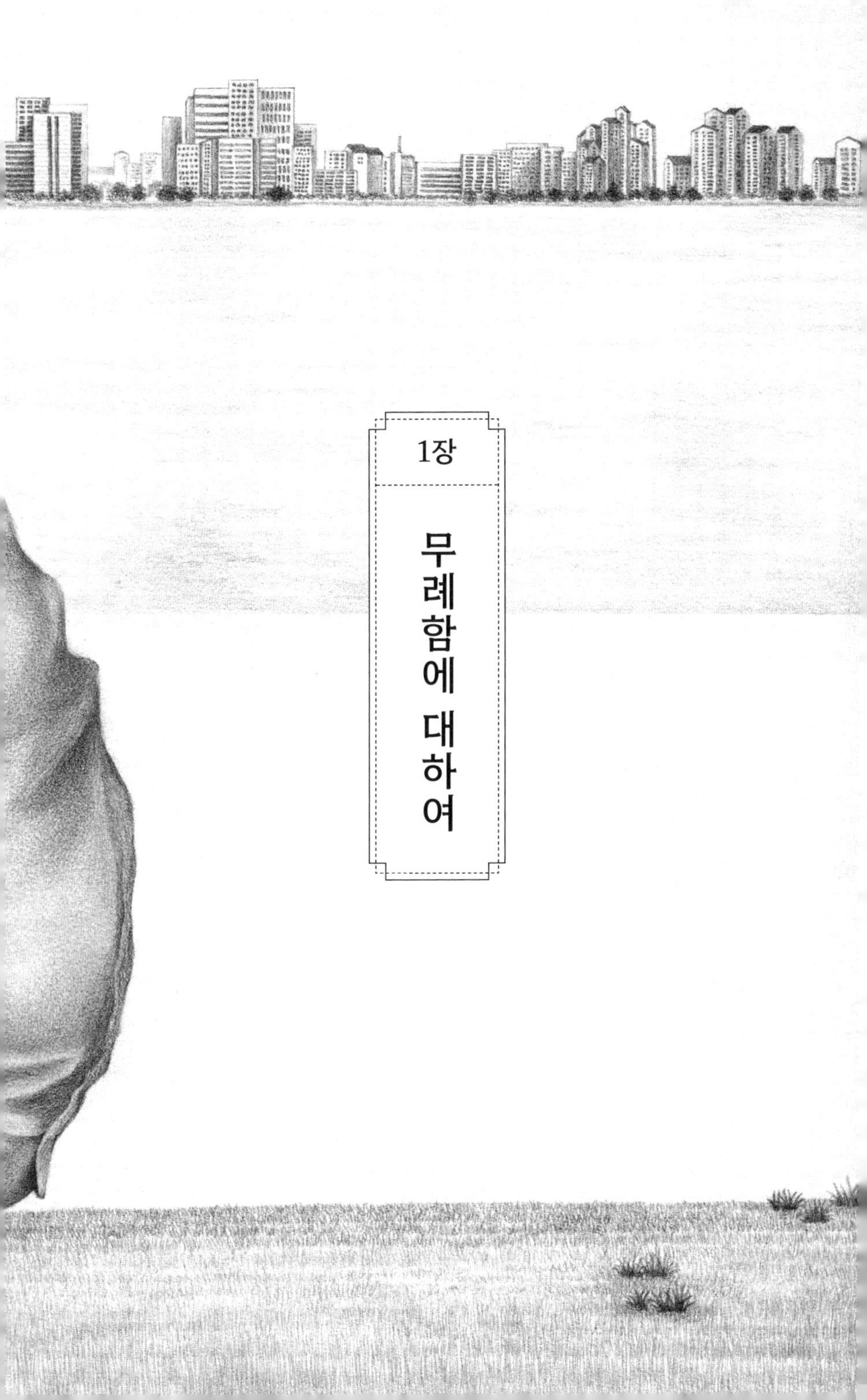

1장

무례함에 대하여

물고기의 탈출

빨간색 금붕어 세 마리를 선물로 받은 적이 있어. 자주 다니던 동네 슈퍼가 있었는데 사실 구멍가게 수준이었지. 어느 날 주인 아줌마가 일주일 뒤에 가게를 접는다면서 나한테 "학생, 잘 지내." 이러더라고. 등하굣길에 딸기 맛 우유나 바나나 맛 우유를 하나씩 사러 들르던 곳이라 갑자기 문을 닫는다니 약간 멍했지.

난 덥석 말을 내뱉는 스타일이 아니라서 그냥 아무 내색 않고 눈만 깜빡였어. 그런데 아줌마가 내가 내미는 동전을 굳이 하나씩 천천히 집어 가면서 "섭섭하네." 이러는 거야. 손바닥에 닿는 아줌마의 손끝이 젖어 있더라. 난 왜 그게 눈물이라고 생각했을까? 순간 기분이 묘해지더니 나도 모르게 눈물이 핑 돌았어. 낙하하는 눈물은 아니고 그냥 눈가가 촉촉해지는 정도였는데 아줌마가 내 눈물을 보고 정겨운 표정을 짓더라. 그러고는 빨간 금붕어 세 마리가 들어 있는 키 작은 유리 꽃병을 내게 건넸어. 슈퍼에 갈 때마다 습관적으로 어항 속 금붕어들을 들여다보았던 걸 아줌마는 기억하고 있었나 봐.

"집에서 키워 봐. 먹이만 잘 주면 어렵지 않아."

사실 난 받기 싫었는데…… 금붕어를 주고 싶어 하는 아줌마의 그 마음은 받아야 할 것 같았어. 그래서 할 수 없이 몸을 숙여 꾸벅 인사하고 받았어. "받고 싶지 않아요." 이런 말은 차마 할 수 없었어.

금붕어를 보는 건 좋았지만 키우고 싶지는 않았거든. 그 자리에 있는 대상을 바라보는 것과 직접 돌보는 건 사뭇 다르잖아? 엄마한테 혼날 게 뻔해서 겁도 났고. 금붕어가 들어 있는 꽃병을 마지못해 들고 나오느라 슈퍼 아줌마와의 헤어짐 따위는 순식간에 아무것도 아니게 되어 버리더라. 어쩌면 애초부터 아무것도 아니었는지도 몰라. 슬픈 영화를 보면 눈물이 핑 돌듯 "섭섭하네."라는 말에 그냥 눈물이 돌 수도 있는 일 아닐까? 조건에 반응하는 거니까. 레몬을 떠올리면 침이 고이듯 세상의 모든 이별은 슬픈 법이니까.

아마 슈퍼에서의 내 모습을 엄마가 봤으면 등짝을 내리쳤겠지 "청승맞은 넌! 그렇게 눈물이 헤프면 팔자가 후줄근해지는 거야.” 이러면서. 전에 옆집 세라 언니가 이사 가던 날도 울었다가 혼쭐났거든. 그 언니랑은 정말 친했는데……. 어쩌면 원치 않는 금붕어를 떠안은 것도 엄마 말마따나 내 눈물이 부른 후줄근한 팔자의 결과물일지 몰라.

어항 속에서 날렵하게 몸을 돌리는 금붕어들을 보고 있으면 그들의 단호함이 정말 부럽고 보기 좋았어. 그런데 이제는 처치 곤란인 금붕어들을 안고 길 위에 서 있자니 울고 싶더라. 금붕어들은 여전히 꽃병 속에서 몸을 휙휙 돌리며 헤엄치고 있더라고. 내 사정 따위는 알 바 아니라는 듯. 난 엄마에게 혼날까 봐 친구가 잠깐 맡겼다면서 허겁지겁 방으로 꽃병을 들고 들어갔어. 다행히 엄마는 크게 신경 쓰지 않더라. 물고기는 시끄럽지도 않고 집 안을 돌아다니는 것도 아니니까. 덕분에 책상 옆 창가에 두고 키울 수 있었지.

같이 지내 보니 금붕어들은 나에게 큰 위로가 되었어. 좋은 친구가 되었지. 얼핏 세 마리가 똑같아 보이지만 구분하기 좋게 등 위에 크고 작은 하얀 무늬가 있어서 이름은 ‘상, 중, 하’로 지었어. 밑에서 바라보면 유리에 굴절된 금붕어들이 내 말을 충분히 알아들을 만큼 커 보였거든. 움직임도 예사롭지 않아 보였고. 상 중 하, 그 애들이 사람으로 변신해서 내 방에 있는 상상을 해 본 적도 있어. 얼굴에 제각각 크기가 다른 점이 있어서 내가 아주 쉽게 알아보는 거야. "아, 네가 상이구나?" 이런 식으로. 그리고 "너네 중에서 누가 헤엄을 제일 잘 치니?"라고 물어보면서 우리는 대화를 이어 나가. 상상 속에서 내 하소연도 늘어놓고. 아줌마가 꽃병 주둥이가 좁으니 큰 걸로 바꿔 주라고 한 말을 깜빡하지만 않았다면 아마 오래오래 키웠을지도 몰라.

그렇게 며칠이 지나고, 학교에서 돌아왔을 때였어. 집에 도착하자마자 욕실에서 씻고 있는데 엄마의 비명 소리가 들렸어.

"야! 나연, 이거 치워!"

놀라서 후닥닥 튀어 나가 보니 금붕어가 마룻바닥에서 팔짝팔짝 튀고 있더라. 순간, 엄마가 금붕어를 꽃병에서 꺼내 바닥에 내던진 줄 알았어. 그러지 않고서야 내 방에 있던 금붕어가 마루까지 나온다는 게 불가능하니까. 지느러미 쪽의 점으로 보아 '중'이었어.

물 없는 바닥에 떨어진 금붕어는 당장에라도 죽을 듯 펄떡거렸어. 엄마는 얼른 치우라고 나한테 악을 썼지만 난 무서워서 맨손으로 금붕어를 잡을 수 없었어. 죽기 직전인 듯 가쁜 호흡을 내쉬는 금붕어를 바라보기만 해도 충분한 공포였으니까. 금붕어는 바닥에서 사방팔방 튀어 오르지, 엄마는 악을 쓰지, 한마디로 아수라장이었지. 어쩌지 못해 우왕좌왕하며 잡는 시늉을 했지만 사실 난 내가 금붕어를 잡지 못하리라는 걸 알았어. 금붕어는 날 원망하듯 계속 헐떡이면서 이동하더라고. 엄마는 "빨리 잡아! 장 밑으로 들어가면 시체도 못 꺼내!" 이러면서 내 등짝을 때렸지만, 난 울면서 잡는 척만 했어.

도망치고 싶다는 생각만 더욱 간절해질 즈음 아빠가 안방 문을 벌컥 열고 나왔어.

"젠장, 집구석이 이렇게 시끄러워서야!"

자다 깨서 눈이 벌겋게 충혈된 아빠는 뭐가 어찌 된 일인지 묻지도 않고, 벌써 모든 상황을 충분히 파악했다는 듯 저벅저벅 걸어 나오더니 바닥의 금붕어를 집었어. 그러고는 욕실로 가서 변기에 금붕어를 던져 넣고는 바로 물을 내렸어. "앗!" 소리 지를 틈도 없이 순식간에 벌어진 일이었지. 난 차마 입도 다물지 못하고 서 있는데 이번엔 엄마가 "저 방에 더 있어." 소리쳤어. 그러자 아빠는 내 방으로 방향을 틀어서 아예 꽃병을 들고 나오더라고.

"안 돼요!" 하고 내가 꽃병을 잡자, 아빠가 나를 밀치며 "이것들도 다 맛이 갔어."라고 말했어.

아닌 게 아니라 금붕어들이 헤엄치지 않고 물 위에 떠 있더라. 그래도 숨은 거칠게 쉬고 있었어. "죽지는 않았잖아요."라고 울면서 애원했지만 아빠는 귀찮아 죽겠다는 표정으로 다시 욕실로 들어갔고 뒤이어 변기 물 내리는 소리가 들렸어. (아빠는 들어간 김에 소변도 보는 것 같았어. 설마 금붕어 위에다 소변을 보진 않았겠지?) 욕실에서 나온 아빠가 다시 방으로 들어갔어. 엄마는 넋이 나간 채 서 있는 나를 밀치고는 락스를 묻혀 바닥을 걸레질하더라. "안 그래도 힘든데 하여간 기집애가, 일을 만들어요." 이렇게 욕을 바글바글 하면서.

모든 일이 끝난 시점, 내 앞에 암막 커튼이 내려진 기분이 들었어. 빛이 없는 어둠 속에 가만히 서 있는 나. 실제 상황이라고 믿고 싶지 않은 일들. 그런데도 찍소리 못 하고 서 있어야 하는 나. "찌이익, 찌이익." 그 와중에도 엄마가 테이프로 먼지를 색출하는 소리는 여전히 선명하게 들렸어. 그 소리를 듣고 있으면 꼭 내 살점을 떼어 내는 기분이 들어.

그 순간, 느닷없이 초등학교 때 우리 반 어떤 애가 생각났어. 방학 과제물을 발표하는 시간이었는데 그 아이는 가족 신문이라는 걸 보여 줬어. 자기네 집은 일주일에 한 번씩 가족회의를 한다고. 온 가족이 지난주에 올라온 건의 사항이 잘 지켜졌는지 서로 점검하고 분석하고 반성도 한다고. 솔직히 난 그때 그 아이 말을 믿지 않았어. "뻥치시네." 뭐, 나도 일기에 가족끼리 워터파크에 다녀왔다고 가끔 희망 사항을 진짜처럼 적곤 했거든. 그러지 않으면 일기에 정말 쓸 게 없었으니까. “ 내가 하는 걸 재라고 안 하겠어? 다만 조금 신경 써서 색다른 뻥을 친 거겠지.” 했어. 아무튼 이 상황에서 뜬금없이 그 애 생각이 난 건 왜일까? 그 애의 말이 사실이었든 뻥이었든 간에, 그 순간만큼은 내게도 그런 가족이 있다면 얼마나 좋을까 하는 생각이 간절했어. 우리 집에서 일어난 일을 분석까지는 아니더라도 상황 정리라도 해 주는 그런 가족이라면 얼마나 좋을까? 하고. 이건 정말 아니잖아?

아! 나중에 알았는데 엄마가 일부러 금붕어를 바닥에 패대기친 게 아니더라. 꽃병 입구가 너무 좁으니까 산소가 부족해져서 금붕어가 탈출했대. 살기 위해 탈출했지만 금붕어는 물 밖에서 살 수 없다는 사실을 전혀 몰랐던 거지. 아니면 탈출할 뜻을 보이면 누군가 살 수 있는 환경을 만들어 주리라고 믿었던 걸까? 그리고 여기서 ‘누군가’는 혹시 내가 아니었을까?

그 생각을 하면 죄책감에 너무 괴로웠어. 탈출하려다 죽고, 죽어서도 땅속에 묻히지 못한 채 마치 오물처럼 변기 속으로 빨려 들어간 금붕어들 때문에 가슴이 뻐근했어. 하지만 슬픔을 오래 담고 있으면 팔자가 후줄근해진다니, 얼른 그 일을 털어 내려고 무지 애썼어.

다만 그 후로도 오랫동안 머릿속에 남은 생각이 있었지. ‘아! 금붕어도 몸을 날려서라도 살기 위해 탈출하는구나.’ 하는.

그 집 ⊃ 우리 집

왜, 그런 일이 있잖아? 혼자 마음속으로 정해 놓았다가 슬그머니 그 결심을 없애 버리는 일 말이야. 이삿짐 트럭이 그 집 앞에 도착한 순간, 그동안 아빠를 향해 마음속으로 수없이 그어 대던 엑스 표를 슬그머니 지웠어. 엄마도 그랬나 봐. 내내 인상을 쓰고 있다가 눈이 휘둥그레져서는 "진짜 저 집이라고?" 하며 엄마 표정이 밝아지더라. "곰도 구르는 재주는 있다더니 내 팔자가 죽어라 죽어라만 하는 건 아닌갑네." 하는 엄마 말에 아빠는 의기양양해졌지. 사실, 우리 모두 절벽 아래로 떨어지는 줄만 알았는데……. 아빠가 이런 반전을 만들다니 감탄할밖에. 엄마와 내 표정을 읽은 아빠가 호기롭게 외쳤어.

"꼴랑 얼마 되지도 않는 전세금 날렸다고 인생 종 쳐? 봐!

결국 이렇게 좋은 데 거저 살게 되잖아! 이런 걸 전화위복이라고 하는 거야. 인생 한 방인데, 아님 말고 식으로 내질렀더니 먹히데? 이것도 실력이야. 실력!"

실력이든 운이든 사지에 몰린 우리 가족이 간신히 잡은 줄이 썩은 줄이 아니라 동아줄 같아서 안도의 한숨이 나왔어. 아빠가 엄마 몰래 어디에 투자했다 전세금까지 홀딱 날려서 하마터면 길에 나앉을 뻔했거든. 그래서 엄청 처참한 상황이었는데 열흘 전 친척 할머니의 문상을 다녀오던 날 극적으로 기회를 얻은 거야. 사실 안 가겠다는 아빠를 억지로 떠밀다시피 해서 보낸 사람이 엄마야. 그러니까 이 기회의 끈을 잡은 진짜 실력자는 엄마라는 생각도 들지만 아빠 능력인 셈 치고 싶었어. 아빠는 번번이 침몰하는 배만 골라 타는 사람처럼 늘 안 좋은 선택을 해서 우리에게 비극적인 결과만 떠안겨 왔거든. 하지만 이번에는 제대로 된 방향으로 전환한 거라고 믿고 싶어졌어.

아빠는 친가 쪽 친척 할머니의 장례식장에서 사촌 형을 만났대. 그분 덕에 우리가 이 집에서 살게 된 거지. 말로만 들어 본 삼층집. 영화나 드라마에서 봤던 그런 집에 우리가 입성한 거야. 몇천만 원씩 한다는 소나무 여러 그루가 거만하게 자리 잡고 있고 파란 잔디가 운동장처럼 드넓게 깔린 집. 물론 우리는 그 집의 지하층에 살지만 좋은 아파트는 경비실도 좋듯 지하층이라 해도 넘치게 근사했어. 게다가 창고에 있는 여러 가구를 갖다 쓰라고 해서 멋진 소파에 침대까지 구색을 맞출 수 있었지. 모든 것이 한순간에 바뀐 기분이 이럴까? 언젠가 어느 아이돌이 쓴 글에 "자고 일어나니 유명해졌고, 모든 게 싹 다 달라졌더라."라는 표현이 있었는데 그 기분을 알 것 같았어.

사람에게 부분 변화라는 건 없는 듯해. 다시 말해서 부분 교체라는 개념이 불가능한 거지. 변할 때 어느 일부분만 바뀌지 않아. 하나가 바뀌면 나머지도 다 같이 변하거든. 왜냐하면 사람의 마음은 칸칸이 나뉘어 있지 않으니까. 까만 아메리카노에 우유를 부으면 부드러운 갈색 라테가 되듯이 서서히 물들어 결국 다 변하는 거지.

의자에 앉아 방을 휘 둘러보며 난 느꼈어. 의자를 반 바퀴 돌리면 럭셔리한 침대가 보여. 심지어 침대 앞에는 반달 모양 카펫이 깔려 있어. 저런 걸 아라베스크라고 하던가? 화려하지만 단정해 보이는 문양이야. 이국적이면서도 고급스러운 카펫이 내 존재 자체를 단단하게 만드는 기분이 들더라. 의자를 조금 더 돌리면 거울 달린 붙박이 옷장이 보이고 책상 위에는 구형이지만 데스크톱 컴퓨터까지 있어. 그리고 그 옆 큰 창문에는 근사한 블라인드도 내려져 있고. 어차피 지하라 빛이 들어오지 않을 텐데도 말이야.

방을 둘러보고 거울 속 나를 보면 벌써 낯설어진 내가 보여. 방 분위기에 딱 맞는 살짝 거만한 자세야. 곧추세운 허리에 입꼬리는 한껏 올라가 있어. 그래, 약간 시니컬한 표정의 내가 거울 속에 있어. 여기는 하룻밤 자고 나서 체크아웃 해야 하는 데가 아니라 우리 집이잖아? 그러니 이곳에 나를 맞추면서 자연스럽게 변하는 거지. 하나가 변하면 다 조금씩 변하는 게 맞아. 엄마도 저녁 먹자며 방문을 노크하더라고. 전에 살던 집에서는 마루 한쪽 구석을 내 공간으로 써서 문이라는 게 따로 없었거든. 나로서는 난생처음 들어 보는 노크 소리였어.

문짝 재질이 좋아서일까? "똑똑" 소리가 중후하기 짝이 없었는데 뒤이어 들리는 엄마답지 않은 말투까지도 정말 신기했어. "연아, 저녁 먹자." 기분이 묘했지. 이런 말 좀 창피하지만 부잣집 딸이 된 기분이었어. 수업 시간에 "소유가 존재를 규정한다."는 말을 들어 본 적 있는데, 그거랑 비슷하지 않을까? 물론 엄밀히 말하면 우리가 소유한 집은 아니지만.

우리는 배달 온 피자를 저녁으로 먹으며 부잣집 놀이를 하듯 화기애애한 분위기에 싸였어. 주방 싱크대에는 그릇들도 종류별로 구비되어 있더라고. "이것들 써도 되는 거야?" 엄마가 물어보니까 아빠는 "써! 어차피 여긴 게스트 룸이라 상관없어."라고 말했어. 엄마는 신이 나서 연신 접시 상표도 읽고 그릇들도 이것저것 꺼내 보느라 바빴어. 아빠에게 "하나 더 들어요."라고 존댓말도 썼고. 그러자 아빠는 손만 들어 됐다는 표시를 하고 거실 소파에 비스듬히 누워 텔레비전을 보더라. 아빠 얼굴에는 엄청난 일을 성취한 자의 포만감이 덕지덕지 묻어 있었어. 순간 아빠를 향한 존경심? 그 비슷한 게 처음 느껴져서 민망할 정도였어. 금붕어 사건을 비롯해 그동안 아빠에게 품었던 적개심이 채 가시기도 전이라서 말이야.

엄마가 "우리 진짜 여기 공짜로 살아? 혹시 나한테 저 집 가정부 시키는 거 아냐?" 그러자 아빠가 펄쩍 뛰었어. "친척한테 누가 그딴 일을 시켜? 그리고 저 집 도우미도 있어." 그 말에 엄마는 배시시 웃더라. 하지만 세상에 공짜는 없잖아? 어차피 비어 있으니 그냥 살라고 했다지만 전세금을 치르지 않은 대신 무언가를 내놔야 하는 거 아닐까? 그리고 그 무언가는 크기와 양이 정해진 분명한 실체가 아니어서 더더욱 애매하고 모호할 것 같아. 계측이 분명할 수 없는 선의는 사람마다 잣대가 다른 법이니까. 이를테면, 주는 사람은 10을 줬다고 생각하는데 받는 사람은 1을 받았다고 생각할 수도 있거든. 희한하게도 준 사람이 말하는 양보다 받은 사람이 더 많이 받았다고 하는 경우는 별로 없더라고.

아무튼 우리가 그 집에 살면서 치를 수 있는 게 돈이 아니라서 결국 우리는 우리의 자유를 쪼개 헌납해야 했던 것 같아. 그러므로 우리 집은 그 집에 속해 있지. 그 집 속의 우리 집, 누구에게 속해 있다는 건 자유를 잃는 게 분명해.

노크가 있는 삶

이상한 생각이 들기 시작했어. 분명 이 집 주인이 친척이라고 했는데 한 번도 얼굴을 본 적이 없거든. 물론 우리가 주차장 옆 쪽문으로 다니기 때문에 안채 사람들과 마주칠 일이 거의 없긴 해. 그 집 정원을 가로지를 만한 용건이 우리에게 있을 리도 없고, 또 그런 일이 있어서도 안 된다고 암암리에 불문율로 정해 놓기는 했지. 하지만 그래도 지척에 두고, 아니, 한 울타리 안에 살면서 서로 얼굴을 볼 수 없는 친척은 대체 어떤 관계일까?

입학식을 안 하고 다니는 학교처럼 기분이 조금 찜찜했어. 그래도 명색이 친척인데, 안 그래? 매일 주차장으로 차가 들락거리고 밤이면 정원 입구부터 옥상까지 파티장을 방불케 할 만큼 환하게 등이 켜지는 걸 보면 여행 중이거나 집이 빈 건 분명 아닌데 말이야. 곰곰이 생각해 보니 둘 중 하나라는 결론이 나오더라. 친척이 아니거나, 아니면 친척이지만 친척 대우를 해 주고 싶어 하지 않는 사이거나.

전자는 아닐 것 같아. 왜냐하면 아무리 우리 아빠가 '허세작렬'인 캐릭터라 해도 바로 들통이 날 거짓말을 할 정도는 아니거든. 그리고 대문 앞 우편물에 '나기진'이라는 이름이 있는 걸 보면 어떤 식으로든 우리가 친척이긴 할 거야. 우리 아빠 이름이 '나영진'이니까. 아무튼 엄마나 아빠의 심기를 건드리고 싶지 않아서 "친척이라며 왜 통성명도 안 해요?" 이런 질문은 못 했어. 어쩌면 내가 학교 간 사이에 어른들끼리는 만났을지 모르잖아? 나야 학생이니까 굳이 인사를 시킬 필요가 없다고 생각했을 수 있고.

그냥 그렇게 생각하고 더는 궁금해하지 않기로 했어. 아니, 솔직히 말하면 안 좋은 대답을 들을까 봐 겁이 나서 묻지 못한 거야. 안 좋은 대답이 어떤 거냐고? 그야 친척이 아니라는 소리지. 만약 윗집과 우리가 핏줄로 엮인 사이가 아니라면 이곳에 오래 살 수 있는 근거가 적어지잖아? 그렇게 되면 갑자기 "방 빼!" 라고 할 수도 있을 테고.

나는 이 집이 좋아. 딱히 이 방이 고급스러워서만은 아니야. 안전한 느낌 때문에 내 방을 빼앗기고 싶지 않아. 방문이 있는 방을 갖는다는 건 정말 엄청난 일이거든. 나만의 요새에 들어앉은 기분. 견고한 통조림 속에 안전하게 들어 있는 내용물이 된 것 같아. 캔 속에 가지런히 담긴 참치 순살처럼.

비로소 나 자신에게 안락함을 줄 수 있는 시간을 이곳에서 처음으로 누려 봤어. 방문 밖 소음을 완전히 차단해 주는 견고한 문짝이 어찌나 고맙던지. 똑똑! 노크가 있는 삶. 그리고 내 삶에 경계가 있다는 게 얼마나 안락한지 정말 감격스러웠어. 쾌적한 집 덕분에 엄마 아빠도 너그러워지고 화목한 가정 같은 분위기가 이어지는 이 상태가 좋았어. 처음으로 미래를 떠올려 볼 수 있는 여분의 마음 주머니가 생긴 기분이랄까? 등 뒤에서 날아오는 호통이나 살갑지 않은 눈총에서 벗어나 안락한 공간에 놓이면 순간순간 전전긍긍하지 않아도 되니까. 안전한 나는 내일을, 나아가 미래까지도 떠올려 보게 되더라고.

그래도 가끔은 궁금했어. 윗집에는 몇 명이 사는지, 혹시 내 또래는 있는지, 집 내부는 어떻게 생겼는지, 얼마나 근사할지. 학원을 마치고 늦은 시간 집에 갈 때, 윗집 거실에 켜진 샹들리에의 크리스털 불빛을 멀리서나마 보고 있으면 찬란한 삶이라는 말이 저절로 떠오르더라. 내가 미처 닿아 보지 못한 세상을 향한 기대감이 거품처럼 생겨나곤 했어. 모든 게 여유로울 것 같은 유복한 삶, 그동안 텔레비전이나 인터넷으로 보던 것과는 다르잖아? 이건 엄연한 현실이니까. 하지만 거기까지만 생각하기로 했어. 괜히 어설픈 관심으로 얼쩡대다 일을 그르칠지도 모른다는 조바심에 마음을 꾹꾹 눌렀지.

사실 우리 집에서 나와 윗집 안채로 이어지는 골목에 낮은 펜스가 하나 있거든. 허리춤까지 닿는 낮은 펜스에는 늘 빗장이 질러져 있지만 내가 몸을 굽혀 손만 뻗으면 언제든 그 빗장을 열 수 있겠더라고. 더러더러 그 빗장에 손을 대어 보기도 했어. 하지만 욕구를 행동으로 옮기는 길목에는 조바심이 생존을 위한 마지막 빵 한 덩이처럼 경건하게 놓여 있었기에 늘 거기서 멈춰 섰어.

유효 기간

모든 일에는 처음, 중간, 끝이 있듯이 감정이나 생각에도 유효 기간이 있거든. 다시 말해 항상 같을 수 없다는 이야기야. 그렇잖아! 새 학기에 학교에 가면 특유의 낯설음과 긴장감 때문에 '앞으로 어떻게 지내지?' 싶다가도 어느새 학기 중간에 이르면 처음에 느꼈던 그 감정을 아무리 되살려 보려고 해도 기억조차 안 나잖아? 그렇듯이 시작은 중간으로 가면서 다 변하기 마련이더라고.

'노크가 있는 삶'을 빼앗기고 싶지 않아 조심하던 처음과 달리 이제 이 집에서 사는 건 익숙한 일상으로 자리 잡았어. 그야말로 설렘으로 들썩이던 시작의 유효 기간이 끝난 거지. 유효 기간은 그리 길지 않았어. 겨우 한 달 만에 엄마 역시 전처럼 강박적으로 테이프 청소를 다시 시작했거든. 그런데 테이프로 먼지를 색출해야 하는 공간이 전보다 더 넓어지자 엄마의 짜증도 배가 되더라. 살아 있는 사람이 만들어 내는 기본적인 생활 먼지조차도 엄마에게는 용납되지 않기 때문에, 바닥에 떨어진 머리카락 하나라도 눈에 띄는 날이면 엄마의 잔소리는 극에 달하는 거야. 덕분에 난 집 안에서 김치 공장 종업원처럼 비닐 캡을 썼어. 흐린 날이면 지하 집으로 습기가 대거 포진하기 때문에 눅눅함을 호소하느라 엄마의 신경질은 훨씬 정도가 심해졌어. 엄마는 사소한 일로 아빠와 또다시 다투기 시작했지.

그래도 전과 달리 다투는 소리가 담을 넘지는 않았어. 엄마의 언성이 지나치게 높아지면 아빠가 브레이크를 걸었거든.

“여기서 쫓겨나면 갈 데 없다.”

이 말은 엄마의 이성을 되돌아오게 했어. 정말 신기한 체험이었어. 마치 리모컨을 들고 무음을 누르면 텔레비전 속 사람들의 소리가 한순간에 사라지듯 엄마도 무음이 되는 거야. 물론 소리만 사라졌을 뿐 엄마의 화풀이는 쉽게 끝나지 않았어. 난 이럴 때 ‘일시 정지’ 버튼이 있다면 좋을 텐데⋯⋯ 하는 바람을 품었지.

사실 ‘일시 정지’ 기능은 아주 오래전부터 내가 희망했던 아이템이야. 아니, 희망보다는 더 절절한 갈망의 아이템이라는 표현이 맞겠다. 난 이것저것 다 되는 요술 지팡이까지는 바란 적도 없어. 그냥 극적인 순간에 잠깐 일시 정지 할 수 있다면 얼마나 좋을까 생각했어. 비등점이 낮은 물질처럼 늘 쉽게 바글바글 끓어올라 화를 내는 엄마를 보면서 일찍부터 그런 상상을 해 왔던 것 같아. 도를 넘는 그 순간, 일시 정지를 할 수만 있다면 세상의 폭력이 멈출 텐데…….

사람들이 분노에 휩싸이면 순간 지능이 낮아져서 이성이 작동하지 않는다고 들었어. 그 잠깐의 충동을 못 참아서 사람들이 치고받고 싸우고, 그러다 때로는 돌이킬 수 없는 일마저 벌이는 거라고. 그럴 때 누가 '일시 정지'를 눌러 준다면 파국은 막을 수 있잖아? 국수를 삶을 때 물이 넘치려는 그 순간 물을 조금만 부어 주면 숨이 훅 가라앉듯이 말이야.

"갈 데 없다."는 아빠의 말이 처음엔 브레이크 기능을 해 주는 것 같아서 아주 좋았는데 어느 순간부터 무서운 생각이 들었어. 갈 데가 없다니, 무서운 일이잖아. 선택의 여지가 없다는 소리. 다시 말해 절벽 끝에 섰다는 뜻이니까. 더는 허용할 수 없는 마지막 한계, 마지노선. 우리에게 이곳이 그런 의미라는 생각이 들면 마음을 곧추세우게 되더라. 하지만 이곳은 벌써 일상이 된 터라 서서히 편안함의 위험 속으로 들어가고 말았어.

모든 산에 오르리라

깊은 밤에 달을 보러 나갔어. 내 방에서는 달이 안 보이니까. 보름달이 훤히 뜬 밤, 백열등 불빛처럼 노랗고 따뜻한 달빛에 잠긴 세상을 보고 싶었거든. 안채와의 경계에 놓인 펜스에 올라서서 비스듬히 보이는 정원과 그 위에 펼쳐진 밤하늘을 바라봤지.

낮 동안 달궈진 철제 펜스에 맨발로 올라서 있자니 따스한 감촉이 좋았어. 콧노래라도 부르고 싶을 만큼 설레는 기분이 차올랐지만 차마 소리는 낼 수 없으니 숨소리조차 죽이고 고개를 들어 달만 바라보았어. 그런데 내 의지와 상관없이 몸이 움직이지 뭐야. 철제 펜스가 조용한 신음을 내면서 밀려가더니 나를 자연스럽게 안채 마당 쪽에 데려다 놓았어. 아마 빗장이 풀려 있었나 봐. 안채에 내린 나는 발뒤꿈치를 들고 가만가만 걸어 정원

쪽을 향했어. 눈앞에 길이 보이니 나도 모르게 그리로 따라 걷게 되더라.

반대편 벽에 내 그림자가 근사하게 보였어. 실제보다 더 날씬하고 경쾌하게 그리고 대범하게 걷는 그림자. 발끝으로 사뿐히 걷는 모습은 흡사 발레리나의 실루엣 같았지. 무대 조명을 한몸에 받은 프리마돈나 같은 내 그림자를 보며 몸을 꼿꼿이 세웠어. 턱은 위로 쳐들고 양팔은 넓게 벌린 채 한 바퀴 돌아보니 마음이 날아갈 듯 들떴어. 이 세상 모든 산에 다 오를 수 있을 것만 같은 기분. 그때 어디서 쏴 하고 파도 소리가 들리는 듯했어. 뒤를 돌아보니 대나무 잎들이 바람에 몸을 비비는 소리야. 마치 너른 품을 가진 바다의 파도가 밀려오는 듯한 착각이 들더라.

달빛은 충분히 부드러웠어. 달빛을 받아 유난히 하얀 콘크리트 바닥은 메밀꽃이 지천으로 피어 있는 것처럼 보였고. 정말 모든 게 완벽하게 환상적이고 몽환적인 밤. 현실에서 초점이 비켜나 꿈으로 가는 길목에 서 있다는 상상. 자각몽이라도 꾸듯 내가 원하는 대로 과감하게 발걸음을 옮겼어. 생존을 위한 마지막 빵 한 덩이 같던 추레한 조바심 따위는 아랑곳 않게 되더라. 뭐, 현실이 아니니까. 랜선을 따라 환상의 세계 어딘가로 옮겨진 기분으로 한 발 한 발 안으로 들어갔어.

까만 바다 같은 잔디 정원. 그 위에 방점처럼 박힌 돌들을 사뿐히 걸어 휘어진 대나무 숲 쪽으로 갔어. 바다에 떠 있는 하얀 스티로폼 부표 위를 날렵하게 걷는 요정을 머릿속으로 상상하면서.

그곳에는 팔각형 지붕을 얹은 철제 정자가 있었어. 기하학적인 무늬가 새겨진 철제 기둥 사이를 등나무가 휘적휘적 감싸고 있어 정자 안은 꽤 아늑했어. 게다가 팔각으로 꺾인 기둥마다 푹신한 의자까지 있어서 숨어들기 딱 좋은 곳이었지. 나는 그 의자에 다리를 모으고 올라앉아 안채를 바라봤어. 모두가 잠든 커다란 집. 음전한 삼층집 지붕 위의 보름달을 보면서 한동안 그대로 있었어. 달을 보고 있자니 달도 나를 바라보는 것만 같더라. 물론 착각이겠지, 달은 나만의 달이 아니니까. 모두의 달이잖아? 그래도 그렇게 한참을 있으니 내 마음에 커다란 달이 들어차는 충만한 기분이 들었어. 마음이 따스해져서, 노릇하게 구워지는 크루아상처럼 내가 부풀어 오르는 기분이 들 정도였어.

그래서 이튿날 밤에도 또 나갔어. 처음이 어렵지 두 번째는 그리 어려운 일이 아니었어. 다음 날에는 잠긴 빗장을 열고 전날처럼 발끝으로 튀어 오르듯이 달려 나가 정자에 앉아 달을 내 안에 채웠어. 그렇게 며칠 동안 달을 만났지. 나만의 달이 된 기분이 들더라.

그런데 일주일째던가? 설렘이 헐거워져 내 마음도 처음 같지 않더니만 달도 보란 듯이 변해 있었어. 일그러진 달을 보고 있는데 갑자기 어둠 속에서 뭐가 움직이는 거야. '휙!' 하고 사라지는 과감한 움직임이 아니라, 멈칫멈칫 스타카토 같은 움직임이라 이상한 생각이 들더라. 틀림없이 어떤 의도가 있는 사람의 수상한 행동이라는 생각과 더불어 이 집 식구가 아니라는 확신까지 들었지. 왜냐고? 몸짓 언어라는 게 있잖아. 분명 몰래 숨어든 자의 조심스러운 움직임이라 난 본능적으로 얼른 몸을 낮췄지. 나 역시 이곳에 있어서는 안 되는 사람이니까.

호기심보다는 두려움이 더 커서 차라리 눈을 감고 싶었지만, 나를 지킬 사람은 나밖에 없으니 눈을 감고 있는 것조차도 쉽지 않았어. 여차하면 의자 밑으로 기어 들어갈 요량으로 최대한 몸을 낮추고 시선은 그 움직임을 주시하고 있었어. 놀랍게도 안채 별관 쪽에서 나온 그 사람은 우리 집 쪽으로 사라졌어. 실루엣은 조용히 사라졌지만 두려움은 한층 더 커졌지. 우리 집 쪽으로 갔으니 이건 상황이 종료된 게 아니잖아? 들어가다가 그 사람과 마주칠 수도 있겠다는 생각에, 난 망부석처럼 그곳에 한참 있어야 했어. 하지만 그렇게 오래 있었는데도 아무도 되돌아 나오지 않았고, 결국 새벽 무렵에 자포자기하는 심정으로 간신히 집으로 들어가 기절하듯 잠들었어.

다음 날은 토요일이라 늦잠을 잤어. 어젯밤 일은 까맣게 잊고 있었지. 느지막이 일어나 오후에 건조대 앞에서 빨래를 널고 있는데 집 안에서 엄마 아빠가 다투는 소리가 들리더라. 평소처럼 "미쳤어!"라는 엄마의 앙칼진 목소리가 시작을 알리더니만 뭔가가 부딪히는 소리. 잠시 정적. 다시 들리는 다툼. 소주를 찾는 아빠와 "힘들어 죽겠는데 누가 저 아래까지 나가서 그걸 사오겠냐."는 엄마의 항변이 싸움의 주제인 것 같았어.

이 집에 살면서 불편한 점이 하나 있다면, 바로 집 앞에 편의점 하나 없다는 거야. 슬리퍼를 끌고 설렁설렁 걸어 나가 아이스크림이라도 하나 물고 들어오는 모습은 연출 불가라는 거지. 그야말로 고급 주택가이다 보니 길에는 부드럽게 굴러다니는 고급 승용차만 있을 뿐, 걸어 다니는 사람은 거의 우리 식구밖에 없어 보였어. 그래서 장 보는 문제 때문에 엄마 아빠가 자주 다투었는데 오늘도 그 일의 연속인 듯했어.

그런데 내가 분리수거까지 끝내고 집 안으로 들어왔을 때는 분위기가 완전히 바뀌었더라. 엄마 아빠는 식탁에 앉아 화기애애하게 와인 잔을 기울이고 있었는데, 둘이 나누는 이야기를 미루어 짐작건대 주차장 안쪽 창고에서 와인을 가져왔다는 거야. 아빠는 "그 집 여행 가고 아무도 없어!"라며 의기양양하게 큰소리치더니 급기야 "한 병 빠지면 티 나니까 아예 한 박스를 들고 오는 게 맞아."라며 자화자찬까지 하고 있었어.

와인 잔을 부딪치며 엄마는 약간 걱정하는 눈치였지만 아빠는 시종일관 "이까짓 거!"라고 했어. 윗집 사람들에게 이 정도는 지천에 널린 탄산음료 같은 거라고. 몇 잔을 연거푸 들이킨 아빠가 얼굴이 벌게진 채 호기롭게 외쳤지.

"아니, 그리고 설사 뽀록난다 한들, 뭐, 우리가 남이야? 그 정도는 익스큐즈 되는 사이 아냐? 이까짓 거 가지고 뭐라 하면 너무 야박하지. 그래 봤자 꼴랑 아홉 병 들었구먼. 옛날에 우리 엄마 애간장 태운 거에 비하면 이건 개미 손톱 밑의 때야."

두 사람의 분위기는 부드러워졌지만 내 마음속에서는 불안이 서서히 피어올랐어. 불안의 이유를 딱 집어낼 수 없지만, 아니, 집어내고 싶지는 않지만 하얀 쌀밥 속에 박힌 까만 콩처럼 분명한 존재감을 드러내는 무언가가 있었지. 그건 바로 어젯밤의 기억이었어. 신기하게도 어젯밤에 안채를 가로질러 간 사람이 신었던 신발이 느닷없이 떠오르더라고. 하얀 선 세 개가 선명하게 그어져 있는 파란색 삼선 슬리퍼. 어젯밤에 봤던 장면이 이제 와 기억 속에서 도드라지는 거야. 두드러기처럼 부풀어 오르는 기억을 난 애써 무시했어. 대신 불안감을 떨쳐 내려고 아빠가 한 말 중에서 내 귀에 감칠맛 나게 달라붙었던 어휘 몇 마디를 놀이 삼아 뇌까렸어. '딸랑, 꼴랑, 딸랑, 꼴랑, 딸랑, 꼴랑…….' 이 말을 계속 되뇌면 삶 자체가 가벼워지는 기분이 들어서 안도감이 생기는 거야. '까짓 삶!' 이런 식으로.

깊은 밤에 자다 깼는데 다시 잠이 오질 않았어. 뒤척이다 밤 공기의 유혹에 못 이겨 밖으로 살금 나왔어. 엄마 아빠는 와인 덕에 곯아떨어졌는지 코 고는 소리가 거실까지 진동했어. 안채 식구들이 없다니 이래저래 편한 마음으로 정원에 나가 여유 있게 주변을 둘러보자 싶었지. 정자 뒤쪽으로 철봉도 있고 스테퍼랑 트위스트 기구도 있었는데, 그동안 방치되었는지 트위스트 기구는 몸을 돌릴 때마다 '삑삑' 하고 소리를 내더라. 굉음 때문에 신경이 거슬렸지만 개의치 않았어. 아! 어제처럼 누가 지나갈까 걱정은 하지 않았어. 그런 일은 없을 거라는 확신이 들었거든.

그런 확신이 들게 된 근거까지 떠올리기는 싫었지만, 집에 다시 돌아와 현관 센서가 켜지는 순간 도저히 피할 수 없는 증거물이 눈에 들어왔어. 하얀 줄이 그어진 삼선 슬리퍼. 중학교 3학년 종업식 날 어떤 남자애가 실내화를 내 것과 바꿔 들고 가는 바람에 할 수 없이 집으로 가져온 슬리퍼인데 아빠가 집에서 신었거든. 그러니 어젯밤에 본 사람의 정체는 아빠일 수밖에.

침대에 누워 한참을 뒹굴었는데도 잠이 안 왔어. 무거운 뭔가가 나를 내리누르는 기분. 모든 산에 오를 수 있을 것 같았던 한때의 내 의욕을 짓누르는 무거움이 존재했어. '그러니까……

안채 사람들이 집을 비우면서 친척인 아빠에게 부탁을 한 거야. 그래서 아빠가 안채를 둘러본 거지.' 이런 작위적인 해석을 하고 나서야 겨우 잠이 왔어.

쓰담 쓰담

이사 온 뒤로는 학교를 오갈 때 30분 이상씩 버스를 타야 했어. 난 그게 참 좋았어. 물론 등교할 때는 늦을까 봐 맘 졸일 때도 있었지만 집에 돌아갈 때는 늘 여행하는 기분이었어. 가능하면 제일 뒷자리 창가에 앉았지. 이어폰을 끼고 음악에 먼저 마음을 실으면 창밖 풍경은 저절로 영화관 스크린이 되거든.

아무도 내게 말 시키지 않고 나도 생산적인 뭔가를 하지 않아도 되는 시간. 넋 놓고 멍 때릴 수 있는 하루 중 제일 좋은 시간. 30분 동안 삶을 유예할 수 있는 허락을 누군가에게 공공연하게 받은 기분이 들었거든. 아, 그러고 보니 내가 좋아하는 '일시 정지'와 비슷할 수 있겠네. 난 버스가 좋아. 전철은 서로 마주 보게 되어 있지만 버스는 다들 앞만 보는 구조잖아. 그게 맘에 들어. 게다가 요즘은 서 있는 사람들도 각자 휴대폰에 얼굴을 박고 있으니 얼마나 다행인지. 타인의 시선에서 완벽하게 자유로울 수 있다는 건 정말 좋은 일이야.

사실 난 누가 나를 바라보면 얼굴이 붉어지는 증세가 있어. 초등학교 땐 선생님들이 "부끄럼을 잘 타는 애"라거나 "낯을 심하게 가리네." "수줍음이 많구나." 같은 말을 하길래 그게 사람들의 캐릭터를 나타내는 아주 평이한 표현이라고만 생각했어. '늠름하고 씩씩하다' '미소가 예쁘다' '싹싹하다' '상냥하다' 등의 표현처럼. 그런데 요즘에는 이게 기질만의 문제가 아니라는 생각이 들어.

왜냐하면 얼굴만 붉어지는 게 아니라 내 존재 전체가 다 물들어 버리니까. 외면에서 내면까지 싹 다 영향을 받는 거야. 리트머스 시험지에 빨간 잉크가 번지듯 얼굴이 붉게 물들고 맥박이 빨라져. 손이 차갑고 끈적거리기 시작하면서 마음에는 과부하가 걸리지. 순식간에 머릿속 생각들이 다 엉켜 제대로 된 말이 나올 수가 없어. 그러니까 이건 단순한 기질이 아닌 거야. 씩씩하거나 상냥하다고 해서 신체의 일부나 마음이 자기 의지와 상관없이 변하지는 않을 테니까.

이건 일종의 증세라는 결론을 내렸어. 대인 관계 알레르기랄까? 세상 사람들이 다 나만 바라보며 수군대는 것 같아 밖에 나가기가 싫어질 지경이었어. 그러다 보니 악순환이 이어졌지. 얼굴 빨개지는 게 싫어서 앞에 나서지 않게 되고, 앞에 나서지 않다 보니 더더욱 고립되는 식으로 꼬리에 꼬리를 무는 악순환. 아이들은 그런 나를 만만하게 보고 놀리거나 해코지를 하더니 급기야 따돌리기까지 하더라고. 그래서 결국 혼자 노는 게 편해졌어.

중2 때 한번은 글쓰기 숙제에 이런 기질에 관해 쓴 적이 있어. 그 글을 본 선생님이 나를 따로 불러서 진지하게 상담을 해주더라고. 이 세상에 부끄럼증을 안고 태어난 아이는 없다고. 다시 말해 내 부끄럼증은 일종의 학습에 의해 얻어진 거라고 했어. 좀 더 쉽게 말하자면 그렇게 세팅이 됐을 뿐이라고. 선생님은 의자에 놓인 전기방석의 버튼을 강-중-약으로 한 번씩 눌러 보라고 시켰어.

"자, 이런 식으로 연이 네가 프로그램화한 거야. 그러니까 다시 세팅을 하면 되는 거지."

그 말이 묘하게 위로가 되었어. "고치려고 노력해 봐."가 아니라 "어? 잘못 세팅되어 있네?" 이런 거잖아. 전자가 달리고 있는 사람에게 더 빨리 달리라고 하는 거라면, 후자는 그냥 버튼을 바꿔 누르면 된다고 말하는 거라 생각하니 위로가 되더라.

맞아, 아무 죄의식 없이 바꾸기만 하면 되는 거니까 한결 편했어. 내가 바보 같고 게으르고 지저분하고 성실하지 않아서가 아니라 '그냥 잘못되어 있을 뿐'이라고 생각하니 마음이 편해졌어. 잘못된 부분을 바로잡으면 되니까.

선생님이 해 준 이야기를 엄마한테 했더니 엄마는 "아이고! 배웠다고 애 달래는 방법도 가지가지네. 그런 걸 눈 가리고 아웅이라 하는 거야."라고 비아냥댔어. 하지만 난 선생님의 말을 듣고 난 뒤로 증세가 한결 좋아졌어. 강에서 중으로 넘어왔다고나 할까? 얼굴이 화끈거리면 그냥 내 몸 어딘가에 버튼이 있다고 상상했어. 그리고 버튼을 누르면 신기하게 빨개짐이 가시더라고. 전처럼 머릿속 온갖 생각이 다 뒤섞이고 뒤집힌 것 같은 '업셋' 된 상태는 막을 수 있었어. 두근거림도 덜해지고 손에 나던 땀은 거의 없어졌지. 여러모로 한결 나아진 거야. 몸은 마음의 노예라더니……. 그 말이 맞나 봐.

아! 그리고 선생님은 이런 이야기도 했어. 남들이 내 일거수일투족을 보고 있다고 생각하는 '가상 관객 현상'은 사춘기 여자 아이라면 누구나 겪는 아주 정상적인 지적 왜곡이라고. 정상 범주에 있는데 뭐가 걱정이냐며, 자기 자신에게 관대해지라고.

사실 보통 사람들은 다 기본적으로 '자뻑'을 한대. 이른바 '워비곤 호수 효과'라고 긍정의 착각이라는 건데, 일종의 자기기만이래. 우리는 현실의 가혹함으로부터 스스로를 보호하기 위해

자기기만의 쿠션이 필요한데, 내게는 그게 없다고 했어. 그러니까 나 자신을 '쓰담 쓰담' 해 주면서 긍정의 쿠션으로 감싸라는 거지. 그러면 자신감이 채워져 얼굴 붉어질 일이 없다면서.

근데 '자기기만의 쿠션'이라는 말, 되게 재밌지 않아? 홈쇼핑에서 산 물건을 배달받았을 때 박스에 들어 있던 충격 방지용 뽁뽁이가 떠올랐어. 맞아, 진짜 그런 게 필요해. 어디서 주먹이 날아오면 우리는 누구나 본능적으로 팔을 올려 방어하잖아. 자기방어는 본능이니까. 그런데 그 본능에 속하는 뭔가가 내게 없다니…….

나도 내 몸에 맞는 쿠션을 준비해야겠다는 결심이 섰지. 쉽게 터지지 않는 성능 좋은 쿠션으로. 그래서 '쓰담 쓰담' 나를 토닥였어. 거울을 볼 때마다, 쇼윈도에 내 모습이 비칠 때마다 한 번씩. 물론 쑥스러워서 마음속으로만 뇌까렸지만 그래도 효과가 있어서 제법 단단해진 나를 느낄 수 있었어. 그럼에도 새로운 사람들과 마주치는 게 편하지는 않아. 물론 전처럼 피해 다니지는 않지만 자발적으로 누구와 사귀려고 할 정도까지는 아니거든.

어느 날 오후, 버스 안에서 여느 때처럼 음악을 들으며 창밖을 내다보고 있는데 누가 나를 툭 치는 거야. 고개를 돌려 보니 낯익은 남학생이었어. 반 애들을 많이 알지는 못하지만 자동

스캔이 돼서 기억에 남는 애들이 더러 있거든. 수업 중에 독특한 행동을 한다거나, 작정하고 나를 괴롭힌다거나, 아니면 유난히 인상이 좋다거나, 우연한 기회에 내게 친절을 베풀어 줬다거나, 이런 식으로 몇몇은 기억에 남아. 그런데 그 애는 위에서 말한 어느 범주에도 속하지 않는 애였어.

"안녕?"

내가 앉아 있어서인지 손을 흔드는 그 애가 유난히 커 보였어. 얼굴이 달아오르기 전에 얼른 손만 한번 흔들어 줬어. 그러고는 말을 더 시킬까 봐 일부러 고개를 돌리고 이어폰의 볼륨을 키웠어. 그때 하필 내 옆자리 사람이 내리고 그 애가 옆에 앉더라. 난 그 애의 시선을 피하려고 마치 급히 처리할 일이 있다는 듯이 휴대폰을 뚫어져라 봤지. 그런데 갑자기 그 애의 목소리가 들리는 거야. 글쎄, 그 애가 내 이어폰 한쪽을 잡아당겼더라고.

"너 언제 이쪽 동네로 이사 온 거야?"

내가 답 없이 눈만 끔뻑이자 그 애가 살갑게 웃으며 다시 말했어.

"미안! 버스에서 몇 번 봤는데 내가 손짓을 해도 모르길래. 너 음악 듣는 거 무지 좋아하는구나? 그래도 오늘은 나랑 얘기하면서 가자. 응?"

그 애는 아예 내 이어폰을 잡아 빼서는 줄을 말더라. 단정하게 반으로 접고 또 접고. 내 오른손에 들린 이어폰 줄 정리 클립까지 빼어서 끼우고는 내 가방 앞주머니에 쏙 넣더니만 나를 보고 방긋 웃으며 "끝!" 하고 외쳤어. 신기하더라. 사실 그 애의 행동은 충분히 무례한 건데 전혀 그렇게 느껴지지 않았어. 무례하다기보다는 뭐랄까? 예기치 못한 친근함 때문에 엄청 당황스러우면서도 신기한 기분이 들었지. 그런 거 있잖아. 순식간에 낯선 곳에 옮겨진 느낌이랄까? 그리고 그 애의 미소 말이야. 만약 미소에도 온도가 있다면, 그 애의 미소는 아주 적당히 포근한 온도로 느껴졌어.

"넌 나보다 더 타고 들어가지? 이렇게 멀리 다니는 고딩은 흔치 않은데."

"……."

"피곤하진 않아? 난 요새 학원도 끊고 그냥 집에서 인강 들어."

"……."

난 입도 뻥끗 않는데 무안하지도 않은지 그 애는 여전히 방실거리더라. 그러고는 빨아 먹는 비타민 C를 주머니에서 꺼내 내 손바닥에 올려 줬어. 내가 노란색 비닐을 가만히 바라보고 있으니까 그 애가 그걸 까서 내 엄지와 검지 사이에 끼워 주고 자기도 하나 뜯어서 먹었어. 그 애는 한쪽 눈을 찡끗거리며 "와, 대박 셔!" 하면서 또 방실방실 웃었어.

내 얼굴이 붉어지는 게 느껴졌어. 머릿속에서 삐질삐질 땀이 흐르더라. 버튼? 그런 건 찾을 새도 없었어. 손끝에 쥐고 있던 샛노란 비타민 C가 내 땀에 녹아드는 것 같았어. 마치 태양 한 조각을 잘라 손에 쥐고 있기라도 한 것처럼. 몸 전체를 감싸는 열기가 어찌나 화끈거리던지 어디서 익는 냄새가 나는 기분이 들 정도였어. 보나 마나 내 얼굴은 가관이었겠지. 나쁜 짓을 하다 들킨 사람처럼, 고개를 들 수가 없었어. 최근 들어 이렇게 빨개지기는 처음이었거든. 이런 일은 절대 흔하게 일어날 수가 없잖아.

"어, 나연, 너 빨개. 귀까지 빨간데?"

그 애가 신기하다는 듯 맑은 목소리로 외쳤어. 그러더니 갑자기 뭐가 생각났다는 듯 손뼉을 한 번 딱! 치더니 노랫말을 읊조렸어.

"빨가면 사과, 사과는 맛있어, 맛있으면 바나나, 바나나는 길어. 길으면……."

근데 갑자기 눈물이 후드득 떨어지는 거야. 내 까만 부직포 가방 위로 눈물이 뚝뚝.

"나연 왜 그래? 아, 미안. 정말 미안해. 내가 널 놀리는 게 아니라……."

그 애는 당황해서 안절부절못하더니 급기야 내 손을 잡더라. 나는 놀라서 손을 빼고 어깨까지 들썩이며 울기 시작했어. 정말 난 울고 싶지 않았는데…….

"난 너 얼굴이 빨개지는 게 너무 귀여워서. 정말이야. 믿어 줘. 야! 근데 너 나 몰라? 초딩 5학년 때 같은 반이었잖아. 나 서도경이야, 기억 안 나? 우리 에버랜드로 소풍 가는 날 버스에서 끝말잇기 했는데……. 그때 아까 그 노래도 했잖아. 그게 기억이 나서."

한참을 쩔쩔매던 그 애는 내릴 때가 되자 허둥지둥 하차 태그를 하고 나서 나를 보고 "미안."이라고 입을 뻥끗했어. 버스에서 내려서도 손을 번쩍 들어 흔들었고. 차라리 보지 말걸. 차창 밖으로 점처럼 작아지는 그 애의 모습을 보고 있자니 갑자기 멈췄던 눈물이 다시 떨어지지 뭐야. 대체 왜 이러는지, 정말 당황스러웠어. 이제 눈물은 방울지는 정도가 아니라 아예 장대비처럼 쏟아져 걷잡을 수 없었어. 결국 우는 얼굴로 내릴 수가 없어 두 정류장이나 더 가서 내려야 했지.

그 애가 놀려서 울었느냐고? 아니, 그건 아니야. 집으로 걸어오면서 천천히 생각해 봤는데, 그 눈물의 정체는 그냥 서러움이었던 거 같아. 그 애가 내 마음의 어떤 지점을 툭 건드린 거지. 이를테면 마법에 걸려 백조가 된 왕자 오빠 열한 명의 마법을 풀기 위해 옷감을 짜던 엘리제 공주가 온종일 정신없이 쐐기풀로 옷감을 짜다 어디서 들려오는 음악 소리에, 아니면 창가에 비치는 석양의 야릇한 뒷모습에 훅! 하고 울음을 터뜨리듯이. 고단함에 울고 싶은데 마침 누가 빌미를 줘서 울음이 터진 거 아닐까? 울고 싶은데 뺨을 때려 준 거지. 아니! 다시 생각해 보니 그게 아니라, 안타까움 때문이었던 것 같아. 난 그냥 평범한 여학생이고 싶었거든. 근데 아쉽게도 빨간 물감 저주에 걸린 아이인 게 속상했어. 빨개지지 않고 보송보송한 얼굴로 "비타민 고마워!" 이럴 수는 없는 걸까? "우리가 동창이라고?" 하면서 보통 아이들처럼 굴 수는 없는 걸까?

알아, 나를 자극한 건 그 애에 대한 부러움이었어. 그 애가 아는 척하는 그 순간부터 이후의 모든 행동 하나하나가 다 부러웠어. 따스한 미소, 구김살 없는 마음, 티 없이 맑고 파란 하늘에 흔들리는 하얀 깃발 같은 마음에서 번지는 거침없는 행동. 난 길가 흙 속에 박힌 빨간 돌 같은데. 아니, 빨갛다 못해 팥죽색이 되어 버린 추레한 돌이라고 하는 편이 더 어울리겠지. 난 그렇게 돌처럼, 움직이지 않는 벌레처럼 꿈쩍도 못 하고 가만히 있는데 그 애는 아무 반응 없는 나를 상대로 주저 없이 말을 건네다니. 주눅도 들지 않고 눈치도 보지 않고 쫄지도 않고 또 겁내지도 않고 자존심 상해 하지도 않고……. 그 애가 정말 부러웠어. 그래서 눈물이 펑펑 쏟아진 거야. 상처라고는 받아 본 적 없는 아기 같은, 그래서 아무 두려움 없는 권력자 같은 그 애가 정말 너무 부러웠어.

그 애가 부러워서 울었다는 건 결국 못난 내 모습이 도드라져 보여서겠지? 이런 걸 열등감이라고 하던가? 난 아직도 자기기만의 쿠션이 빈약한가 봐. 쓰담 쓰담을 더 많이 해 줘야겠다고 결심했어.

아, 초등학교 5학년 때의 서도경도 기억났어. 소풍 가는 날 도경이 짝이 결석하는 바람에 내가 옆에 앉았거든. 그때도 그 애는 싱그러웠는데, 하늘을 찌를 듯이 거침없이 잘 자랐네. 내가 어딘가에 갇힌 채로 움찔움찔하는 동안 그 애는 시원하게 쭉쭉 자랐나 봐. 그나저나 아까 울지 말았어야 했는데…… 속상해.

한참을 걸어 집이 보이는 골목 어귀에 도착해 잠시 밖에 앉아 있었어. 엄마는 내 얼굴만 봐도 울었는지 귀신같이 알아채거든. 겁이 나서 선뜻 못 들어가겠더라고. 멀리서 집을 보니 안채에 불이 켜져 있었어. 여행 갔다던 그 집 식구들이 돌아왔나 봐. 좀처럼 불이 켜지지 않던 이 층에도 불이 들어와 있더라. 백열등 불빛이라 유난히 따스해 보였어.

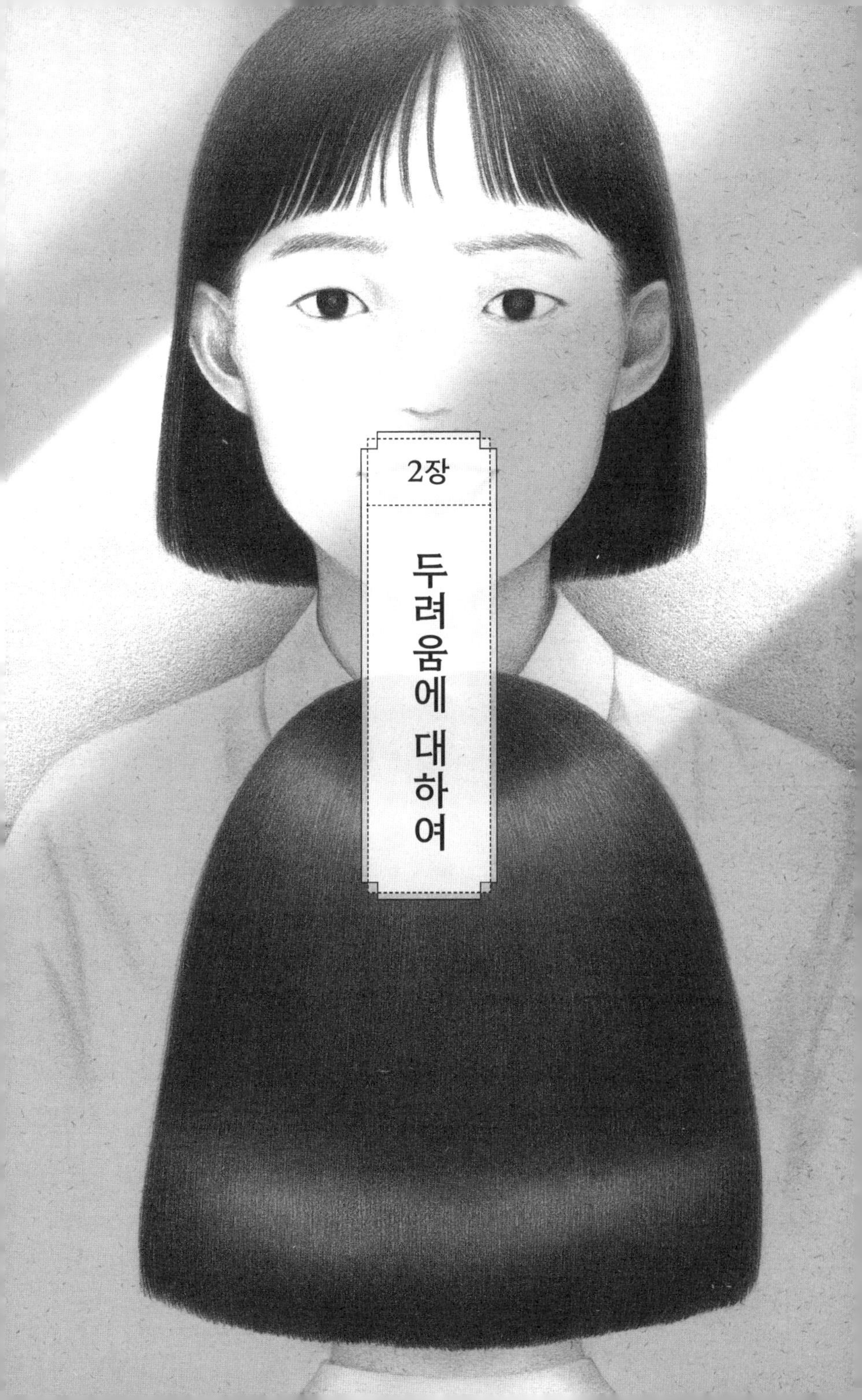

2장 두려움에 대하여

이로운 거짓말

밖에서 무슨 소리가 나서 자다 깼어. 분명 현관문 소리 같았는데, 시계를 보니 새벽 두 시 반. 뭔가 이상한 생각이 들었지. 엄마 아빠는 어느 시간이든 어떤 상황에서든 현관문을 조심해서 여닫는 편이 아니거든. 뭐지? 조용히 나가 봤어. 가만가만 걸어서 안방 문을 살짝 열고 귀를 대 보니 어둠 속에서 숨소리가 새어 나왔어. 낮고 고르지만 사이사이 킥킥 소리를 내면서 멈추는 듯한 숨소리가 들렸지. 하지만 아무리 들어도 두 사람이 내는 소리는 아니었어. 아빠 특유의 쇳소리가 섞인 숨소리는 안 들렸거든. 혹시나 하고 현관 쪽으로 가 봤더니 늘 있던 삼선 슬리퍼가 없는 거야.

내 머릿속에 인화된 상상의 사진 때문에 가슴이 쿵쿵거렸어. 상상이 맞으리라는 확신은 없지만 걱정이 앞섰어. 윗집 이층에 불이 켜 있었는데 아빠는 그 사실을 모르는 걸까? 참다못해 밖으로 나갔어. 현관문을 나와 왼쪽은 주차장을 거쳐 밖으로 나가는 곳이고 오른쪽은 안채로 이어지는 길이야. 망설임 없이 오른쪽으로 몸을 틀었어. 살금살금 나가 보니 아닌 게 아니라 안채로 이어지는 문의 빗장이 열려 있더라고.

열린 문을 지나 정원까지 나와 봤어. 아빠는 어디에도 보이지 않았어. 안채 별관은 건물이 돌아앉아 있어서 입구가 보이지 않지만 그렇다고 선뜻 그쪽으로 가 볼 수는 없었어. 안채에서 가본 데라곤 정자까지라 그 이상은 용기가 나지 않았거든.

일단 몸을 숨기려고 여느 때처럼 정자 쪽으로 돌진했어. 달 없는 밤처럼 사방이 유난히 어둡고 칙칙해서 정자 안은 더없이 깊은 바닷속 같았어. 그새 등나무 잎들이 더 무성해진 걸까? 예전에 왔던 그곳 같지 않고 심지어 낯설기까지 했어. 하지만 신경이 온통 별관 쪽에 쓰여서 뭔가 다른 느낌을 찾아내기보다는 벽에 붙어 그쪽만 바라보고 있었어.

그때였어. 누가 등 뒤에서 와락 나를 껴안았어. 움직이는 여름 눈사람처럼 거대한 덩치가 훅 하고 다가오더니 뒤에서 나를 감싼 거야. '헉!' 했지만 소리를 지를 수 없었어. 손이 내 입을 틀어막았으니까. 내 양손은 자유로웠으니 팔을 올려 얼마든지 그 손을 떼어 낼 수도 있고 틀어막힌 입 사이로 파열음이라도 낼 수 있었으련만 이상하게 온몸이 얼어붙은 것 같았어. 머리는 움직이라고 명령하지만 내 몸은 머리에서 벗어나 있었어.

전원이 끊긴 것처럼 따로 노는 내 팔은 지푸라기처럼 매달려 있기만 할 뿐 아무 일도 못 했지. 거친 숨소리는 내 귀를 찢어 놓는 것 같았어. 등 뒤에 얹힌 몸은 점점 더 조여 와 벌레를 잡아먹는 식충 식물처럼 나를 녹여 버릴 기세였어. 더는 서 있기 힘들 정도로 다리가 풀려 당장이라도 쓰러질 것 같았지만, 생존 본능이 깁스처럼 몸을 간신히 세워 버티게 하는 것 같았어.

두려움이 극에 달해 몸이 아예 없어진 기분이었고 머릿속이 하얘져 아무것도 판단할 수 없을 즈음, 등 뒤의 손이 스멀거리며 움직이더니 옷 속에 파고들어 가슴 쪽으로 왔어. 살에 닿는 끈적한 느낌 때문에 소름이 온몸으로 번져 뺨까지 치고 올라오자 비로소 내 몸이 느껴지더라. 그때 마침 무언가 내 눈에 띄었어. 클로즈업되듯 어둠 속에서 도드라지는 하얀 줄의 삼선 슬리퍼. 아빠야. 멀찍이에서 아빠가 무슨 박스를 안고 두리번거리며 허겁지겁 그러나 조심스럽게 집으로 걸어가고 있었어.

어떡해야 하지? “아빠!” 하고 소리쳐야 하는데, 소리를 내서는 안 된다는 생각이 먼저 나를 낚아채는 거야. 아빠의 몸짓이 의미하는 바가 뭔지 알 것 같았거든. 차마 소리는 내지 못한 채 몸만 빼려고 발버둥 쳤어. 등 뒤의 사람은 내 팔을 꽉 쥐어 눌렀어. 소용없다는 말을 손으로 전하는 듯했어. 눈앞에 보이는 모습도, 나를 옥죄는 이 상황도, 다 없는 일로 해야만 한다는 의무감과 현실이 아니기를 바라는 심정으로 눈과 마음을 다 가린 채 있어야 했지. 아빠가 시야에서 사라지고 난 뒤 그 사람은 종료를 알리듯이 내 등을 한 번 가볍게 두드리고는 바람처럼 어둠 속으로 사라졌어. 나는 바닥에 나동그라졌고, 어떻게 집에 들어왔는지 기억조차 없어.

아침에 "아니야."라고 중얼거리는 내 목소리를 들으면서 잠에서 깼어. 생각이 빚어낸 말은 아니고 아마도 깨기 직전에 꾼 꿈의 대사가 뒤늦게 터져 나온 거겠지. 꿈의 내용은 기억나지 않았지만 모든 게 현실이 아니기를 바라는 마음에서 "아니야."를 외친 게 분명해. 침대에 누워 천장 벽지의 무늬를 가만 응시했어. 새벽녘의 모든 기억이 사실이 아니었기를 바라며 머리채를 계속 흔들어 댔어.

"아니야, 아니야." 그렇게 하지 않으면 기억의 잔상이 자동재생 되었어. 어떤 부분은 머릿속 영상으로 떠오르거나 내 등을 죄는 느낌으로 반복됐어. 그럴 때마다 "아니야."라고 나를 설득시켜야 했어. 진짜 일어났던 사실로 품고 있기엔 너무 버거웠거든.

"야! 너 지각하고 싶어?"

엄마가 밖에서 소리쳤어. 아무 대답도 못 하겠더라고. 누운 채로 가만있었더니 참다못한 엄마가 방으로 뛰어 들어왔어.

"간밤에 안 자고 들락거린 게 너야?"

"아뇨."

잠에서 깨어났던 사실조차 없던 일로 하고 싶었어. 그렇게 거짓말을 하고 나니 진짜로 없었던 일 같은 기분이 들더라. 그건 나 혼자 '아니야'를 외던 것과는 차원이 다르니까. 유용한 거짓말. 이로운 거짓말. 모두에게 좋은 거짓말이라는 명분이 섰어.

지금 말해 봤자 엄마 아빠 모두를 괴롭히는 일만 되잖아. 어제 일을 엄마에게 이야기해 봤자 혼나는 것 말고는 아무런 일이 일어나지 않을 게 뻔하니까. 내 잘못이 아니라도 안 좋은 일을 발설하는 것 자체가 내 잘못이 되었으니까. 엄마는 "너 때문에 내가 미쳐!"라며 화를 낼 거야.

엄마를 괴롭히고 싶지 않았어. 그러니 없었던 일로 하자고 내 몸과 마음을 설득할 수밖에. 하지만 몸을 일으키자 온몸이 몸살 기운에 잠겨 매 맞은 듯이 아팠어. 내 몸은 새벽의 일이 없었던 게 아니라고 말하고 있었어. 아니, 악이라도 쓰는 듯했어.

엄마가 "너 팔은 왜 그래?" 하기에 보니까 팔 안쪽에 파란 멍이 들어 있더라. 처연하게 느껴질 만큼의 파란색. 그 멍을 보니 더는 우길 수가 없어 눈물이 차올랐어. 하지만 엄마에게 들킬까 봐 후닥닥 일어났어. 우리 집에서 결석은 있을 수 없는 일이거든. 엄마에게 등 돌린 채로 가방을 싸며 말했어.

"체육 시간에 평균대에 박았어요."

"기집애가 칠칠치 못하기는."

학교에서도 종일 줄기차게 머리채를 흔들어 댔어. 기억을 털어 내는 데 아주 좋은 방법이야. 새벽 일이 떠오를 때마다 머리를 흔들어 대니까 짝이 나한테 말을 걸었어.

"너 틱도 있니?"

아니라고 머리를 다시 흔들어 보였어. 기분 나쁜 표정을 짓더라. 내 짝은 나를 좋아하지 않아. 공부를 잘하고 성격도 원만해서 우리 반에서 인기가 아주 많은 애거든. 근데 나한테는 호의적이지 않아. 틱도 있느냐고 묻는 걸 보면 나한테 문제가 많다고 생각하는 거겠지? 요새 책상 줄 맞추기는 거의 안 하는데도 말이야. 아, 그래도 점심시간에 서도경이 우리 반으로 나를 찾아오는 바람에 그나마 새벽의 일을 잊기 조금 쉬웠어. 알고 보니 서도경은 우리 반 아이가 아니었어.

시험이 얼마 남지 않은 터라 점심시간에도 조용히 앉아 공부하는 애들이 많았는데, 서도경이 교실 앞문을 살짝 열고 고개만 들이밀었어.

"얘들아, 안녕!"

천연덕스럽게 손을 흔드는 도경을 다들 멍하니 바라보는데, 도경이가 앞에 앉은 애한테 물었어.

"혹시 이 반에 나연이 있니?"

그러자 앞자리 애가 말없이 손가락만 들어 나를 가리켰어. 이어 도경은 문을 벌컥 열어젖히고 들어서서 큰 소리로 "나연, 드디어 찾았네!"라고 했어. 어찌나 환하게 웃으면서 밝은 소리로 말하는지 반 아이들이 다들 어이없어하며 도경을 바라봤어. 내 짝은 아주 의외라는 표정으로 혼잣말을 하더라.

"뭐야. 몰래 카메라야?"

그때 어떤 애가 물었어.

"너, 일 학년이니?"

그러자 도경은 그 애를 바라보고는 교복 명찰을 가리키며 설명했어. 일 학년은 명찰이 노란색이거든.

"맞아. 근데 내가 일 년 꿇어서 그렇지, 사실은 너희랑 같은 나이야. 나연이랑 초딩 동창이거든."

그러고 보니 초등학교 6학년 때 도경이 유학 갔다는 소리를 들은 기억이 나더라고. 도경은 내 책상 위에 바나나 맛 우유며 젤리, 과자 몇 개를 쏟아 놓더니 "너 화 안 난 거지?" 한마디만 남기고 후다닥 나갔어. 수업 시작종이 울렸거든.

도경은 그렇게 퇴장했지만 그 뒤의 술렁거리는 분위기는 나 혼자 감당해야 했어. “나연, 뭐냐? 니 남친이냐?” 이렇게 대놓고 물어보는 애부터 뒤에서 작은 소리로 “알고 보니 내숭과네.” “헐, 굼벵이도 구르는 재주는 있다더니.” “재도 있는데 난 왜 없을까.” 이러는 애까지. 그러더니 아이들이 내게 와서 말을 시키더라. 물론 도경이 가져온 과자를 먹겠다고 모인 애들도 있었지만, 평상시와 달리 아이들의 호의적인 태도 때문에 학교에서 보내는 시간이 빠르게 흘렀어.

사실 그동안은 반에서 완벽하게 열외였는데 갑자기 같은 줄에 서 있는 아이가 된 거야. 투명 인간이었다가 비로소 존재가 드러난 기분이랄까? 아이들 눈에 내가 보이기 시작한 거지. 기분이 참 묘하더라. 그냥 맘 놓고 기분 좋아하기에는 왠지 석연찮은 기분도 들었어. 그렇잖아. 나는 바뀐 거 하나 없이 그대로이고 단지 서도경이 와서 아는 척한 것뿐인데, 순식간에 대접이 달라지다니 말이야.

종례 시간에 짝이 도경 얘기를 물어보더라.

“남친이야?”

아니라고 고개를 흔들었더니 또 기분 나쁜 표정을 지어 보였어. 뭐, 내겐 익숙한 표정이라 그러려니 하고 넘어가려는데 짝은 한숨을 한번 내쉬고는 몸을 틀어 나를 바라보며 아주 작정하고 말을 꺼내는 거야.

"설마…… 내가 그게 그렇게 궁금해서 너한테 물었겠니?"

무슨 소리인지 몰라 멍하니 바라보자 짝이 말을 이었어.

"있잖아, 사람들이 밥 먹었느냐고 묻는 건 진짜 밥을 먹었는지 어쨌는지 궁금해서가 아니야. 그건 그냥 일종의 시작을 알리는 종 같은 거지. 기껏 대화 좀 해 보겠다고 성의껏 물어보면 넌 항상 고개만 까닥까닥. 알아?"

진짜 짜증 난다는 표정이었어. 이해한다고 고개를 끄덕이려다가 참았어. 대신 무슨 말을 할까, 잠시 망설였어. 그러자 짝은 참지 못하겠다는 듯 화산처럼 폭발해 말을 뿜어냈어.

"넌 학기 초부터…… 뭔가 이어지지 않는 점선처럼…… 알아? 조금 친해졌다고 생각했는데 다음 날 보면 그게 아니야. 다시 원위치야. 솔직히 나 성격 나쁜 애 아니거든? 남들이 보면 내가 널 따라도 시키는 줄 알겠지만 사실은 너한테 문제가 있다고. 알아?"

하긴 그랬던 것 같아. 학기 초에는 짝이 나한테 이것저것 많이 물어보고 그랬어. 어쩌면 내 쪽에서 거리를 둔 게 맞을지도 몰라. 난 그렇게 생각했거든. 걔는 인기 있는 애니까 어차피 나하고 친해지지 않을 거라고. 그래서 하루는 대답하고 하루는 모른 척하고 그랬던 것 같아.

'이어지지 않는 점선'은 그럴듯한 표현 같아. 그래도 굳이 변명하자면 짝도 문제가 없지는 않아. 짝의 언어 습관 중에 말끝에 잘 붙이는 "알아?" 이 말이 날 주눅 들게 했거든. 나를 다그치는 것만 같아서 짝이랑 이야기하고 싶은 마음이 달아났어. 사실 우리 엄마도 그러거든. 아무리 작은 실수라도 그냥 넘어가는 법이 없어. "그 손으로 문고리를 잡으면 거기 묻은 균이 다 누구 입으로 들어가겠어. 정신 있어, 없어? 어? 너 알아, 몰라?" 하지만 따지고 보면 짝이 내 사정을 알았을 리 없으니까 걔를 탓할 일은 아니네.

"맞아. 그랬을 수 있겠다."

내가 인정하니까 기분이 풀렸는지 짝은 처음 보는 미소를 지으며 말했어.

"그래, 그랬어. 물론 너도 사정이 있었겠지만."

"맞아. 난 얼굴도 잘 빨개지고…… 낯을 가려서 친구 사귀는 데 서툴러."

"그거야 뭐. 걷는 놈 뛰는 놈 나는 놈 있듯이 다양한 기질 중 하나라고 생각하면 크게 나쁠 일은 없지 않아?"

"난 걷지도 못하는 축에 속할걸."

"너무 자학하지 마."

갑자기 짝이 배시시 웃더니 또 그 말을 쓰더라.

"너…… 알아?"

아, 그때 처음 알았어. 웃으면서 하는 '알아?'는 완전히 다르게 들린다는 것을. 그래서 주눅 들지 않고 편하게 들어 넘길 수 있었어.

"뭐?"

"너랑 처음으로 여러 번 왔다 갔다 한 거야."

"왔다 갔다? 뭐가?"

"탁구 칠 때 공을 넘겼는데 상대가 제대로 받아 넘기지 못하면 재미없잖아? 근데 오늘은 처음으로 우리 얘기가 여러 번 왔다 갔다 했어. 대화다운 대화를 한 거지."

"그랬구나."

"아까 걔, 남친이야?"

"아니. 그냥 초등학교 동창인데 어제 처음 봤어."

"그래! 그렇게 하는 거야. 뭘 물으면 대답을 해. 말을 잘라먹지 말고."

"응."

"궁금한 거 있음 묻기도 하고."

"어. 근데 신기해."

"뭐가?"

"서도경이 왔다 간 다음부터 애들이 갑자기 나한테 아는 척 하는 게."

"아까 걔 이름이 서도경이야?"

"어."

"그건⋯⋯ 예를 들자면 이런 거지. 동네 후미진 빈터에 사람들이 휴지나 캔 이딴 걸 몰래 버리다가 거기에 꽃을 심어 놓으면 안 버린대. '아! 누가 관리하는 데구나.' 하면서 빈터를 존중하는 거지. 그니까 한마디로 갑자기 네가 달라 보이는 거야. 남친이, 그것도 잘생긴 애가 와서 설레발치니까. 솔직히 우리 반에 네 이름이 나연인 줄을 오늘 처음 알았다는 애도 있어. 알아?"

짝의 이야기를 듣고 있는데 머릿속에서는 동네 후미진 곳의 빈터가 그려졌어. 스산한 바람이 쓸고 지나가는 길모퉁이의 후미진 곳. 상상만으로도 슬퍼지려고 하더라. 그러자 눈치 빠른 짝이 내 마음을 다 안다는 듯이 말했어.

"너 혹시 내 비유에 기분 상한 거 아니지? 괜히 청승맞게 확대 해석 하고 그럴 필요 없어. 어디까지나 이 얘기의 주제는 빈터가 아니라 빈터를 관리하는 법이라고. 뭐, 꽃을 심는 사람이 꼭 남일 필요는 없어. 내가 심어도 되잖아. 안 그래? 그니까 걷지 못한다고 할 게 아니라 연습을 해서라도 걸으면 돼. 그러다 언젠가 뛰기도 하겠지. 알아?"

"노력해 볼게."

"좋아. 근데 하나만 더 물어볼게. 너 왜 오늘 자꾸 머리를 흔들었어?"

"그게, 잊고 싶은 게 있어서."

"생각을 털어 내느라 파리 쫓듯이 그러는 거라고? 재밌네."

"가능하기만 하다면 어디에 묻어 놓고만 싶어."

"잠깐! 문제는 묻어 봤자일 텐데. 문제는 풀라고 있는 거래. 풀어서 없애야지, 머리 흔들어 쫓아 봐야 네 눈에만 안 보이는 사각지대로 내모는 거잖아."

"사각지대?"

"자동차 사이드미러에서 보이지 않는 곳을 사각지대라고 하잖아. 블라인드 스폿. 근데 안 보인다고 없는 건 아니잖아? 불편한 진실은 맞닥뜨려야지."

종례하러 선생님이 들어오지 않았더라면 짝에게 고민을 털어놓았을지도 몰라. 정말 무릎이라도 꿇고 다 털어놓고 싶었으니까. 아니 아니, 결국은 입도 못 뗐을 거야. 나만의 문제가 아닌데 함부로 말을 꺼낼 수는 없잖아.

맞아, 짝 말대로 새벽의 일은 블라인드 스폿이겠지. 보이지 않을 뿐 엄연히 존재하는 무엇. 연기처럼 기화해서 흔적도 없이 사라질 일은 아닌 거잖아. 그래서 짝 말대로 언젠가 맞닥뜨려서

풀어내야 할 문제겠지만, 대체 어디가 실마리인지 도저히 모르겠더라고. 짝과 이야기하는 동안은 뭐든 다 할 수 있을 것 같았는데…….

사실 내일이 되면 또 짝에게 말도 못 걸지 몰라. 내 자신감은 행사장 앞의 춤추는 풍선 같아. 누가 바람을 불어넣어 줘야만 잠깐 서서 뭐든 할 힘이 생기는……. 바람이 없으면 푹 꺼져 바닥에 널브러지겠지.

내가 모르는 나

다음 날도 아침에 일어나기 힘들 만큼 몸이 아팠어. 차라리 감기처럼 콧물이 나거나 열이라도 나면 좋을 텐데……. 눈에 띄는 증세는 없이 그냥 온몸이 무겁고 구석구석 아팠어. 앓는 소리를 내고 싶을 정도라 팔다리를 주물러 가며 학교 갈 준비를 했어. 그래도 팔에 든 멍이 까맣게 색이 변해 다행이더라고. 보기에는 훨씬 더 흉해졌지만 유효 기간을 떠올리면서 희망을 품을 수 있어 그나마 다행스럽게 느껴졌어. 까만색이 된 멍이 서서히 연해지다가 결국 흔적 없이 사라지듯 그날의 기억도 사라질 거라고. 모든 일에는 처음과 중간과 끝이 있으니까.

알아, 내가 좀 이상하지? 뭔가 자연스럽지 않은 줄은 나도 잘 알아. 어떻게 그때 그 사람이 누구일지 생각조차 하지 않는지

의아할 거야. 하지만 사실 안다고 해도 어쩌지 못하잖아. 어차피 밖으로 꺼내 놓지도 못할 일인데 누구인지가 뭐 중요해? 아니, 솔직히 누구인지 알게 되는 게 더 무서워서……. '누구'가 갖는 의미까지 같이 따라와 나를 괴롭힐지 모르잖아. 그러니 모르는 편이 더 나은 거 같아. '모르는 게 약'이라는 말도 있잖아? 맞아, 난 모르고 싶어.

진짜로, 세상에는 모르고 지내는 게 더 나은 일도 있다고 들었어. 언젠가 생리통 때문에 보건실에 누워 있다가 옆 침대에 누운 애가 자기 친구에게 조곤조곤 이야기하는 소리를 들은 적이 있거든? 그 애 말로는 자기 아빠가 급성 심근 경색으로 갑자기 돌아가셨는데, 장례식 때 이모들이 이야기하는 걸 우연히 듣고서 자기가 입양아라는 사실을 알게 되었대. 아이가 생기지 않아서 자기를 입양했는데 뒤늦게 동생이 생겼다면서. 그때 그 애는 "난 그 사실을 몰랐어야 해."를 정말 여러 번 되뇌었어.

"정말이야. 난 몰랐어야 해. 그 사실을 알고 나서부터 모든 게 변했거든. 엄마나 동생, 친척들 태도가 바뀌진 않았어. 아무도 나쁘게 대하지 않았는데도 내겐 모든 게 전부 다르게 느껴지는 거야. 별것 아닌 일에도 엄마한테 대들고 자꾸 동생과 싸우고, 그렇게 최악이 되어 갔어. 그중에서 제일 고약한 게 뭔 줄 알아? 그 사실을 알고 나니까 알고 난 뒤뿐만 아니라 그전 과거까지 송두리째 재편집되는 거야. 너, 사람의 과거가 저절로 막 바뀌는 게 얼마나 어이없는 줄 아니? 그런 거 있잖아. 성공한 사람은 학교 다닐 때 일으킨 말썽이 그냥 말썽이 아니라 남다른 기질로 재해석되잖아? 그런 것처럼 순식간에 지나간 과거가 모조리 다 재해석되면서 내 경우엔 완전히 힘들어진 거지. 아! 엄마가 동생을 유난히 예뻐한 게 그냥 걔가 어려서가 아니었구나, 나만 두고 갔던 가족 여행도 내가 시험을 앞둬서가 아니었겠네, 거실에 놓인 스냅 사진에 내가 없는 것도 이유가 있었네, 이런 식으로 모든 것이 다시 해석되는 거지. 그러면서 전부 다 나빠졌어. 그러니까 난 몰랐어야 해. 그 사실을 몰랐어야 해. 난 정말 몰랐어야 했다고."

지금도 그 애 목소리를 떠올릴 수 있을 만큼 그때 들은 이야기는 강렬했어. 물론 그 애의 경우와 내 경우는 다를 수 있지. 하지만 어떤 일은 평생 모르고 지내는 편이 낫다는 데 방점을 찍어 나 자신에게 강조하고 싶었어.

그리고 또 하나, 만약에 그 일을 수면 위로 꺼내 놓고서 그 일로 인해 나의 과거든 현재든 미래든 어딘가가 바뀔 수 있다고 상상하면 두려워. 그래서 더더욱 그 애 이야기에 힘을 싣고 싶은 거야. 모르는 게 약, 이렇게. 어차피 좋은 방향으로 바뀌지 않을 게 분명하잖아. 이보다 더 나쁜 방향으로는 절대 가고 싶지 않으니까.

몸은 아팠지만 학교에 가면 다행히 기분이 괜찮아졌어. 전과 달리 인사할 짝이 있었고 더러 말을 걸어오는 애들도 있었거든. '서도경 효과'라고 짝은 장난치듯 말했지만 내 생각엔 짝의 영향이 더 큰 것 같았어. 내 짝은 말 그대로 영향력 있는 아이야. 딱히 그 애가 어떤 행동을 해서라기보다는 그냥 물길을 트는 힘이 있다고나 할까? 그 애가 선봉에 서면 나머지 애들이 별생각 없이 우르르 무리 지어 틀어진 물길을 따라가. 다들 자기 일로 바쁘고 휴대폰이나 게임 등에 넋이 나간 애들이라 그냥 아무 생각 없이 누가 가리키는 쪽으로 뛰는 거지. 여기서 방향을 가리키는 애가 바로 내 짝이야. 만약 짝이 어떤 이유로든 물길의 방향을 다른 쪽으로 돌리면 또 맥없이 다른 방향으로 틀어질 수 있겠다는 생각이 들었어.

그걸 깨닫고 나니 짝에게 몸을 낮추게 되더라고. 전에는 그런 구조 자체를 아예 모르고 지냈는데, 이제는 알고 난 뒤라 그러지 않을 수가 없는 거지. 사이좋기 위한 노력의 일환으로 짝의 이런저런 소소한 부탁도 들어줬고. 이런 심부름까지 해야 하나, 약간 회의가 들 만한 일도 그냥 했어. 그게 보통 학생이 되는 방법 같았거든.

보통 학생으로 평범한 하루를 보내고 집에 돌아가는데, 예사롭지 않은 광경이 눈에 들어왔어. 우리 집 문 앞에 경찰차가 서 있더라고. 가슴이 마구잡이로 쿵쾅거리기 시작했어. 이 동네는 크고 좋은 집이 많아서 경찰차가 주기적으로 순찰하는 편이지만 집 앞에 저렇게 서 있는 건 처음이라 놀랐거든. 시동이 꺼진 걸 보면 지나다니는 경찰이 아니라 집 안으로 들어갔다는 뜻이잖아? 본능적으로 발걸음이 빨라졌어. 아니, 난 집을 향해 달렸지.

집에는 아무도 없었어. 안방이랑 주방이랑 다용도실 창고까지 닥치는 대로 문을 열어서 눈으로 이곳저곳을 훑었어. 내가 찾는 건 아빠가 그날 새벽 안채에서 들고 온 박스. 그동안은 애써 모른 척했지만, 이번에는 달랐어. 골프채였거든. 주방 수납장이나 냉장고 안에 있을지 모르는 와인 병도 찾았고. 그런데 어디에도 없더라. 와인이야 그새 다 먹어 치울 수 있다지만, 골프채 박스는 왜 안 보이지? 마음이 놓이지 않아 우왕좌왕하다가 서랍에서 유성 매직을 꺼내 현관에 가지런히 놓인 삼선 슬리퍼의 하얀 줄을 까맣게 칠하기 시작했어. 줄 맞춰서 빈틈없이. 그때 현관문이 벌컥 열리고 엄마가 들어왔어.

"왜 전화를 안 받아?"

다짜고짜 소리부터 지르는 엄마 때문에 가슴이 더 두근거렸지만 엄마 차림을 보니 마음이 조금 놓였어. 귀고리와 목걸이에, 하늘을 향하고 있는 속눈썹, 진한 립스틱 그리고 여느 때와 다른 포즈. 엄마는 내 모습이 아예 안 보이는 건지……. 여느 때 같으면 지금 현관에 쭈그려 앉은 나를 보고는 비명을 지르다 못해 등짝을 후려쳤을 텐데 말이야. 뭔가 다른 쪽에 초점이 맞춰져 있는 사람 같았어.

"얼른 손 씻고 올라와."

"네? 어딜요?"

"윗집, 나기진 씨네. 그 집 식구들이 인사하자네."

엄마는 마음이 급한지 그 말만 남기고 나갔다가 다시 들어와 "그냥 교복 입은 채로 와. 학생답게."라고 덧붙였어.

"네. 아빠는요?"

"나영진도 위에 있어."

정말 보기 드문 모습이었어. 대체로 신경질적이거나 심드렁한 모습의 엄마에게서 평소와 다른 청량한 바람이 느껴졌어. 게다가 아빠를 '나영진'이라고 부르다니. 새삼 아빠가 나 씨라는 것에 자부심이 생길 만한 일이 있는 걸까? 윗집에 대한 호칭도 보통 때와 달랐어. 처음에 막 이사 왔을 때는 '친척네'라고 했다가 계속 아무런 통성명도 없이 지내자 '안채'라고 부르라더니, 이제 '나기진 씨네'라고 하잖아? 처음 쓰는 호칭이었어.

말을 마치고 엄마가 서둘러 나갔지만 나는 얼른 일어나지 못했어. 거실 바닥에 주저앉아 가슴을 쓸어내렸지. 경찰차를 보고 오버한 내가 바보 같았고, 경찰차를 보고 놀랄 수밖에 없는 처지의 내가 가여웠어. 아무튼 경찰이 누구를 잡으러 온 게 아니라니 안심되고 나기진 씨라는 호칭에도 마음이 놓였어. 진짜 친척이 맞나 보네. 그러면 적어도 우리가 쫓겨나지는 않겠구나.

그러나 안채, 아니, 나기진 씨네 현관 앞에 서자 다시 다리가 후들거렸어. 고개를 숙이고 걸었지만 마당 한쪽의 정자가 보이더라. 작정하고 안 보려 했지만 정자의 팔각 실루엣이 저절로 눈에 들어와 고개를 가로저었어. 이 집 식구는 아닐 거야, 머리채를 또 흔들며 그날 일은 없었던 일이야, 되뇌었어. 그러고 나서야 현관문을 간신히 열었지.

나기진 씨네로 들어서는 순간, 다른 모든 일은 다 잊어버렸어. 정신이 팔린다는 말 있잖아, 바로 그거야. 현관문을 열자마자 뻥 뚫린 공간이 눈앞에 압도적으로 펼쳐졌어. 층고가 어찌나 높은지 천장은 눈에 쉽게 닿지 않을 만큼 까마득히 멀리 있었어. 높은 곳에서 줄을 타고 내려와 매달린 미술품 같은 조명등은 곡예라도 하는 것처럼 아슬아슬해 보였어.

멀리 밖에서 불빛만 보고 늘 크리스털 샹들리에라고 상상했는데 그건 아니더라. 아무튼 초저녁인데도 수십 개의 알전구가 완두콩 모양의 쇠 주머니 틀 안에서 빛을 뿜고 있었어. 사람도 아닌 불빛이 그렇게 도도해 보일 수 있음을 처음 알았어. 그리고 맞은편 벽의 일부는 통유리로 되어 하늘이 보였지. 집 안에 자리한 하늘과 늘씬하게 쭉 뻗은 대나무 숲의 군무가 황홀하기까지 했고. 그래, 처음 보는 게 너무 많으니 정신이 팔릴 수밖에. 엄마가 왜 그렇게 흥분했는지 이해가 가더라.

"아, 따님이시구나."

등받이가 높아 옹벽 같은 소파에 앉아 있던 사람이 일어섰어. 그러고는 미끄러지듯 내게 다가왔어. 한눈에 이 집 안주인이구나 싶었어. 집과 아주 잘 어울리는 차림을 하고 있었거든. 우아한 꽃무늬의 브이넥 원피스에 긴 펜던트 목걸이, 유혹하듯 반짝이는 빨간 매니큐어를 바른 열 개의 손톱. 거만한 자세와 조금 느끼한 말투마저도 집과 세트처럼 아주 잘 어울렸어.

"인사해. 나연이에요."

엄마 소개에 맞춰 나는 몸을 깊이 굽혀 인사했어.

"따님이 미인이네."

따님이라는 표현을 처음 들어서일까? 아니면 처음 본 고급스러운 분위기에 취해서일까? 내 존재가 저절로 업그레이드된 것 같았어. 그냥 이런 집에 들어와 있다는 사실만으로도 그 느낌은 계속되었어. 식탁에 앉았을 때도 왠지 고급스러운 태도를 취해야 할 것만 같아서 조심스럽게 먹느라 정작 음식 맛은 느끼지 못했어. 크리스털 식기의 수만 개 단면에 비치는 내 모습을 보느라 어른들 이야기는 거의 귀에 들어오지도 않았고.

사실 얘기라고 해 봐야 골프나 낚시 그리고 나는 얼굴도 이름도 모르는 친가 쪽 어른들 안부를 나누는 게 전부였어. 그나마도 쉽지 않은 끝말 잇기처럼 간신히 말을 이어 가는 느낌이었지. 아슬아슬하고 지루해서 차라리 안 듣는 게 나았어. 안주인은 전화 받는다고 나가서 주로 자리에 없었고, 아빠와 나기진 씨만 엄벙덤벙 시간을 때우는 듯했어.

식사를 마무리하는 분위기에 이르자 나기진 씨는 나에게 형식적인 질문을 했어. 학교는 어디냐, 몇 학년이냐, 버스로 가려면 시간이 얼마나 걸리느냐, 뭐 그런 거. 그런데 대답하면서 맞은편 장식장 유리에 비친 내 얼굴을 보고는 너무 놀라웠어. 평소처럼 엄청 수줍어하면서도 보통 때와 달리 그 사람들에게 잘 보이기 위해 입을 크게 벌려 웃고 있었기 때문이야. 작위적인 미소, 가식적인 모습. 사실 그건 엄마 아빠도 마찬가지였어. 평상시보다 잘 웃고 상냥한 엄마, 이상할 만큼 젠틀한 아빠.

뭐, 하긴 당연히 그래야겠지. 우리에게 살 집도 빌려준 고마운 분들이고 친척이고 어른이니 예우를 갖추는 게 맞지. 그게 사회적 자아, 다른 말로 페르소나가 해야 할 몫이라고 사회 시간에 배웠어. 그래도 나 자신에게서 느껴지는 표리부동함은 계속되어 당황스러웠어.

내가 포도 주스를 교복 상의에 흘리자, 일하는 아줌마가 얼른 나를 욕실로 데려갔어. 갈아입을 가운을 주더라고. 나는 윤기가 자르르 흐르는 가운을 걸친 채 욕실 화장대 앞에 앉아 있고 반대쪽에서는 하얀 레이스 앞치마를 두른 아줌마가 내 교복의 얼룩을 문질러 빨아 드라이어로 말려 주는데, 묘한 기분이 스멀대며 올라오는 거야.

안팎이 질깃질깃한 느낌, 그건 분명 우월감이었어. 연극의 한 장면처럼 또는 부잣집 딸 역할놀이를 하는 기분에서 그런 느낌이 저절로 나오는 줄 알았어. 배부를 때의 포만감처럼. 그런데 그게 아니었어. 오로지 일하는 아줌마를 상대로 느껴지는 감정이었어. 상대적인 우월감. 거울을 보니 낯선 내가 보였어. 어른이 옆에서 일하는데, 다리 꼬고 허리를 곧추세우고 팔짱 끼고 앉아 있다니. "누구니 넌?" 묻고 싶을 정도로 낯선 내 모습. 꼬았던 다리를 슬며시 풀고 바른 자세로 앉았어.

낯선 곳이라 낯선 느낌이 줄지어 달려들 뿐이었을까? 아니면 다른 사람들도 다 이러나? 혹시 내가 유난히 분위기에 잘 휘말리는 타입이라 그런 건 아닐까? 줏대 없는 애라서, 자존감이 부족해서? 아니면 아직 자라는 중이라서? 내가 나쁜 건가? 그래도 참 다행이야. 생각은 밖으로 보이지 않으니 말이야. 아줌마에게 새삼 미안한 마음이 들어서 깊숙이 허리 숙여 인사하고 욕실에서 나왔어. 그날 밤 자기 전에 사람에게는 누구나 '내가 모르는 나'가 있을지도 모른단 생각이 들었어.

땅 위에 설 수 있다는 것

어느 블로그에서 우연히 본 내용인데, 하루 일해서 번 돈을 술 마시고 노는 데 다 쓰는 생활을 하던 탄광 인부들이 월급이 오르니까 술집을 안 가더래. 그날로 다 없어지지 않고 남는 돈이 그들로 하여금 미래를 계획하게 만들었대. 희망이 그들을 변하게 만든 거지. 전에 짝이 말했던 '누가 공터에 심어 놓은 꽃'과 같은 건지도 몰라. 자투리땅이 꽃으로 인해 비로소 꽃밭이 될 수 있다고 생각하는 희망. 희망이 만든 일. 나에게도 그런 날이 있었어. 아, 나도 꽃밭이 될지 몰라, 하는 생각이 들었거든.

그날은 시작부터 조금 달랐어. 등굣길에 버스를 놓쳐서 정류장에서 동동거리고 있는데 안이 보이지 않는 까만색 외제 차가 내 앞에 서더라. 그러더니 누가 창문을 내리고 나를 부르지 뭐야. "연아." 하고. 그래, 안채 아저씨와 아줌마였어. 지나가는 길이라며 학교까지 태워 주겠대. 차 안에서 내가 무슨 말끝에 아저씨라고 하자 호탕하게 웃으면서 '큰아빠'라고 호칭을 정정해 주더라. 반복 학습이라도 시키듯이 "큰아빠, 큰엄마 그리고 애슐리와 루카스는 사촌 언니 오빠" 이렇게 말해 주었어. 아저씨는 무슨 기분 좋은 일이라도 있는지 시종 웃음기가 가시지 않더니 "우리 연이는 언니 오빠가 생겨서 좋겠네." 이런 낯간지러운 표현까지 했어.

마치 가까운 사이처럼, 단번에 거리를 훅 줄이는 게 약간 어색했어. 사실 먼젓번 식사 자리에서는 눈에 보이지 않는 거리감이 너무 분명하게 느껴졌거든. 그날은 큰아빠로서 나를 대하기보다 학교 행정실 직원처럼 업무용 응대를 했는데 새삼스럽게 '우리 연이'라니. 그렇지만 기분이 좋았어. 비로소 진짜 친척이 된 느낌이라서.

그날의 하이라이트는 3교시 체육 시간이었어. 운동장에서 피구를 하는 중이었는데 갑자기 소나기가 내리기 시작한 거야. 반 아이들 다 같이 체육관으로 우르르 피신해야 했지. 체육관 안에서는 다른 반 애들이 한쪽에서 풋살을 하는 중이었는데, 우리가 들어가자마자 응원하고 있던 남학생 하나가 내 이름을 불렀어.

"연아, 나연아!" 설마 하는 마음에 나는 고개조차 돌리지 않았지. 그런데 뒤이어 "와!" 하는 함성과 함께 여러 명이 "나연"을 외치더라. 듣고 있으면서도 그게 나를 부르는 거라고는 상상도 못했어. 그런데 그때 우리 반 여자아이들 몇몇이 와서는 내 팔짱을 끼는 거야.

"나연, 저기 네 남친!"

알고 보니 걔들은 일 학년 도경이네 반 남학생들이었어. 우리 반 아이들도 일제히 그쪽을 바라봤고, 우리 쪽에서도 답가처럼 소리치다 서로 경쟁하듯이 일제히 "와~ 나연, 와!" 하다가 노래가 시작됐어. "사랑을 했다, 우리가 만나……." 한때 초등학교 안에서 금지곡이 됐다는 얘기가 있을 만큼 엄청난 인기였던 그 노래를 단체로 부르기 시작한 거지. 체육관이 떠내려가도록. 안 부른 사람이 있다면 아마 선생님과 나뿐이었을걸.

물론 나도 알아. 그 일이 단순한 놀이에 불과하다는 걸. 아이들은 놀 구실만 있으면 쉽게 편승하니까. 신나게 돌아가는 놀이기구에 냉큼 올라타듯 너도나도 합창한 거지. 단지 난 우연히 이 놀이의 메인 소품이 된 것뿐이지만, 그래도 엉겁결에 주인공이 된 건 내게 충격적인 경험이었어. 살면서 처음이었거든. 주목받는 주인공이 되다니. 그것만으로도 희망의 치맛자락 끝을 잡을 수 있었어. 나도 꽃이 될 수 있구나, 하는.

주목받으니 얼굴이 빨개지다 못해 자주색이 됐지만 이전의 빨개짐과는 의미가 달랐어. 그동안은 존재의 마이너스용 붉어짐이라 열패감의 표현이라고 한다면 체육관에서의 홍조는 쾌거의 상징이랄까? 무엇으로부터의 승리냐고? 땅속으로 묻혀 들어가지 않을 수도 있다는 저항력의 상징, 즉 무거운 운명으로부터의 승리라고나 할까. 평지에서 평범하게 사는 게 얼마나 어려운 일인 줄 알아? 남들은 이해 못 할지 모르지만, 나로서는 그냥 평범해진다는 것만으로도 엄청난 승리거든.

그래, 내가 조금 오버하는 걸로 보이겠지만 사실 그럴 만도 한 게…… 교실에 들어와서도 열기가 쉽게 식지 않았거든. 도경이가 일 학년 남학생 중 얼짱이라며 도경의 친구라도 소개해 달라는 아이도 있고, 갑자기 나한테 호감을 보이는 남학생도 있더라. 사실 도경과 나는 휴대폰 번호도 모르는 사이야. 그렇다고 그 상황에서 새삼스레 남친이 아니라고 부인하기도 어려워서 가만히 있을 수밖에 없었어.

물론 다 좋지만은 않았어. 정작 내 짝은 그 일에 대해 좋은 반응이 아니었거든. '서도경 효과'라며 같이 재미있어할 줄 알았는데 오히려 화가 난 사람처럼 정색하더라고. "너, 너무 넘치지 마라!" 이러면서. 그때는 짝의 그 말을 대충 흘려들었어. 나중에야 의미를 정확히 깨달았지.

시간이라는 게 얼마나 제멋대로인지는 벌써부터 알았지만, 그날 오후에는 시간이 유난히 빠르게 달렸어. 멀미 같은 설렘이 나를 붕 뜨게 해서 다른 날보다 화장실도 자주 가고 걸을 때는 뒤꿈치가 약간 올라간 채로 걸었어. 행복한 사람들은 늘 이런 기분일까? 그런 생각도 해 봤어. 아마 그날은 그런 날이었나 봐. 세상을 주관하는 누군가가 "오늘은 네 차례야!" 하고 특별 서비스 쿠폰을 준 거지.

사실 체육 시간에 소나기가 쏟아붓기 시작하던 순간부터 뭔가 독특했어. 멀쩡하던 하늘이 갑자기 얼굴색을 달리하고는 '우르릉' 한번 소리치더니 비가 사선으로 내리긋듯이 왔거든. 마치 와야 할 까닭이 있는 비처럼, 혹은 누가 시켜서 하는 숙제처럼 비가 왔어. 미리 정해진 시나리오라도 있다는 듯이. 그만큼 그날의 소나기는 희한했어. 게다가 체육관에서 나왔을 때는 언제 비가 왔냐는 듯 하늘이 완벽하게 맑았지. 비 온 흔적조차 거의 없다시피 했어. 체육관에서 보낸 시간을 이런 식으로 되새기는 이유는 그날이 그만큼 특별한 날이었다고 강조하고 싶어서야.

집으로 가는 길에는 도경을 만났어. 버스에 앉아 음악을 들으려는데 버스 통로를 저벅저벅 걸어오는 도경이 보였어. 낮에 있었던 일 때문에 가슴이 주책없이 쿵쾅거렸는데 고개를 돌렸을 때는 어느새 옆에 앉아 있더라. 심장 소리가 들릴까 봐 걱정

됐어. 물론 얼굴은 진작에 붉어졌고.

그래도 예전처럼 아무 말 못 하고 눈물을 흘리거나 그럴 리는 없다는 걸 알았어. 낮의 일로 이미 충분히 고무되었으니까. 자신감이라는 바람이 잔뜩 들어간 행사장 고무풍선이 된 상태라 긴 팔을 허우적거리며 춤출 수 있는 거지. 그래서 용기를 내어 먼저 말을 걸었어.

"도경아, 안녕!"

목소리에 굳이 비음을 넣을 의향은 전혀 없었는데 저절로 섞여 나와서 정말 민망했어. 얼른 주워 도로 입에 넣고 싶을 만큼. 그런데 도경은 내 인사에 살갑게 답하는 대신 서둘러 사과부터 하더라. 그러지 않아도 되는데.

"오늘 미안해. 그냥 아는척만 하려 했는데 애들이 장난치느라 일이 커져 버렸어. 정말 미안해. 화 안 났어?"

"괜찮아."

"너 진짜 황당했지?"

"화 안 났다니까."

"장난쳐서 정말 미안해."

괜찮다는데도 계속 미안해하는 도경에게 오히려 섭섭해졌어. 나한테도 다른 면이 있다는 걸 충분히 보여 주고 싶었거든.

"아니, 나, 재미있었어."

"재밌긴, 하여간에 놈들이 장난이 넘 심해서……."

처음엔 나를 배려하느라 사과한다고 생각했는데, 그게 아니라는 사실을 곧 깨달았어. 나도 바보는 아니니까. 오늘 있었던 일을 장난으로 넘기고 싶어 하는 도경의 마음이 읽히더라고. 짧은 순간에 장난이라는 말을 세 번이나 했잖아? 행여 내가 오늘 일에 의미를 둘까 봐 걱정한 거지. 친구들이 그런 장난을 쳐 줘서 고마워하는 경우가 있는데, 도경은 그렇지 않았던 거야.

"알아."

"뭘?"

"장난이라는 거."

"그래."

"일파만파된 거잖아."

"뭐가?"

"넌 인사만 했을 뿐인데 어쩌다 일이 커진 거라고."

"그러게."

"그러니까 걱정 안 해도 돼."

"아니, 걱정이라기보다는……."

"그런데…… 그 정도 장난은 나도 즐길 줄 알아."

"무, 물론이야."

도경은 갑자기 무안해졌는지, 바지 주머니를 뒤적거리더니 비타민 C를 꺼냈어. 하나를 주길래 이번에는 얼른 받아 내 몫은 내가 까서 입에 넣었지. 왠지 나 자신이 멋있어진 기분이었어. 저번처럼 울지도 않고 부끄러워하지도 않고 자학하지도 않는 나. 도경을 만나는 일에도 많이 편해진 거잖아? 도경이 덕분이지. '서도경 효과'로 이래저래 덕을 많이 본 것 같았어.

"고마워."

도경은 내가 비타민 C에 고맙다고 하는 줄 알았을 거야. 총체적으로 고맙다는 소리였는데. 아무튼 난 입 안에서 비타민을 굴리면서 창밖을 보며 음악을 들었지. 무안해하는 도경을 위한 배려였어. 절대 부끄러워서가 아니고.

도경은 내리기 직전에 이어폰을 빼라고 하더니 정색을 하고 말했어.

"나연아, 미안해."

"또?"

"아니, 아까 그 얘기가 아니라, 어…… 그러니까……."

무슨 소리인지 알 것 같았어. 장난이라고 너무 강하게 몰아붙인 데 대한 미안함이겠지. 나조차도 금세 눈치챌 정도였으니까. 버벅거리는 도경을 위해 말을 끊었어.

"알아, 잘 가."

도경은 내리려다 말고 다시 돌아와서는 내 폰을 빼앗아 자기 전화번호를 찍었어.

“우리 친구인데, 전번 정도는 서로 알고 있어야지.”

사실 내 폰에는 친구 전화번호가 그리 많지 않아. 평범하게 살려면 친구 전번 정도는 있어야 하잖아? 뿌듯했어. 사람의 자신감이라는 게 이렇게 터무니없는 방식으로도 채워질 수 있나 봐. 별것 아닌 거 같은데……. 내 짝 말대로 그냥 나 혼자 꽃을 심어도 되지 않을까?

3장

친밀함에 대하여

그들은
그들의 문제로 싸운다

인생은 산을 오르내리는 일의 반복이라더니 정말 그런가 봐. 좋은 일이 있나 싶더니 안 좋은 일이 금세 찾아왔어. 그래, 엄마 아빠가 또 싸우는 거야. 원래 자주 있던 일이지만 한동안 뜸했는데 다시 시작되었지. 아빠가 걸던 브레이크, "여기서 쫓겨나면 갈 데도 없다." 이 말도 효력을 다했는지 아예 꺼내지 않더라.

아주 어릴 때는 엄마 아빠가 싸우면 무조건 소리 높여 울었어. 하지만 울어 봤자 아무 소용이 없다는 걸 깨달은 뒤로는 울지 않았어. 운다고 상황이 나아지는 게 아니니까 조금 다른 대처법을 찾았지. 유체 이탈식으로 딴생각을 한다든가 아니면 격렬한 걸레질로 몸을 혹사한다든가……. 그러다 공포심이 극에 달하면 무조건 밖으로 뛰쳐나갔지.

그런데 언젠가 “네가 있으면 아빠가 주먹질은 좀 덜해.”라는 엄마 이야기를 들은 뒤로는 나갈 수가 없었어. 내가 집을 나가면 결국 아빠의 폭력을 방치한다는 의미가 되어 버리니까. 그러니 집 안에서 두 사람의 싸움을 고스란히 목격해야 하는 거야. 아, 목격만 해서는 안 되고 싸움의 내용도 숙지해야 해. 둘이 왜 싸웠는지를 모르면 나중에 ‘이기적인 년’이라고 욕을 먹거든.

한번은 하도 무서워서 외부 음 소거용 헤드폰을 끼고 싸움의 폭풍이 잦아지길 견딘 적이 있는데, 그때 엄마가 “어떻게 나 몰라라 하고 헤드폰을 낄 수가 있어?” 하고 격분했어. 부부 싸움 또한 가족의 일인데 방관하는 건 도리가 아니라는 얘기지. 그래서 엄마 아빠가 싸우면 가족의 일원으로 예의 주시하여 싸움의 개요 정도는 정확히 파악해야 해. 그래도 이 집에서는 방 안에서 소리만 들으면 되니까 예전보다는 훨씬 나아.

그날 싸움의 발단은 엄마가 새로 산 옷 때문인 것 같았어. 처음에는 평범한 이야기가 오갔어. 엄마는 새 옷을 입고 패션쇼를 했어. 건성건성 대꾸하는 것 같아도 아빠가 나름 품평해 주면서 화기애애했는데, 분위기가 갑자기 변했어. 옷값을 묻는 대목이었던 것 같아. 정당한 권리에 해당하는 쇼핑을 했다는 엄마 말에 아빠는 분에 넘치는 짓이라고 받아쳤거든. 마침내 엄마가 아빠의 자존심을 건드리면서 폭발하기 시작했어.

사실 큰집에 다녀온 뒤로 엄마의 신경질 수위가 조금 높아졌어. 안채 아줌마, 아니, 큰엄마가 엄마와 동갑인데 알고 보니 엄마 친구의 지인과 중학교 동창이었다나 봐. 그런 사실들이 엄마를 거슬리게 한 것 같아. 특히 엄마 친구가 전한 "정혜신 걔, 학교 때 진짜 꼴통이었대."라는 말이 엄마에게 치명적이었는지 그 뒤로 엄마 신경질의 정점에는 꼭 "내가 정혜신 그 여자보다 못한 게 뭐야?" 이 말이 깃발처럼 꽂히더라. 싸움은 자연스럽게 엄마의 신세타령으로 흐르다 마지막에는 이 모든 결과를 초래한 아빠한테 화살이 돌아갔어. 그간 아빠의 무모한 투자 스토리가 나열되었지. 그날따라 엄마는 하나, 둘, 셋, 이렇게 숫자까지 세어 가면서 아빠의 비리를 읊었고 결국 그게 아빠의 뇌관을 건드렸어.

'와장창' 뭐가 깨지는 소리가 연거푸 들렸지만 차마 나가 보지 못했어. 아니, 나가고 싶지 않았어. 나도 화가 났거든. 간신히 땅 위에 서려고 애쓰는 중인데, 엄마 아빠는 땅을 파서 나를 묻으려고 작정한 것 같았어. 물론 내가 싸움의 목표물은 아니지만 두 사람 삶의 끝자락에는 내가 매달려 있잖아. 그런 생각에 휩싸여 마음은 지옥을 해매는데 갑자기 '쾅' 하고 현관문 닫히는 소리가 났어. 아빠가 나간 게 분명해. 언제나 이런 패턴이었으니까.

그런데 조금 다른 점이 있었어. 이쯤 되면 엄마가 소리를 지른다든가 우당탕 치우는 소리가 난다든가 아니면 내게 화풀이를 해야 하는데, 밖이 조용하더라. 기분 나쁠 만큼 고요한 정적이 이어졌어. '설마 둘이서 같이 나갔나? 그럴 리가 없는데.' 하고 방문을 빼꼼 열고 나왔어. 반쯤 열린 안방 문 뒤로, 바닥에 쓰러진 엄마가 보였어. 그 옆으로는 아빠가 던진 게 분명한 이런저런 잔해물이 바닥에 흩어져 있었고. 전쟁터를 방불케 하는 처참한 모습이었지. "엄마!" 어깨를 흔들어 봤지만 엄마는 아무 반응이 없었어. 나는 바들바들 떨며 아빠에게 전화했는데 아빠 전화기가 꺼져 있었어.

큰집으로 냅다 뛰었지. 현관문은 잠겨 있고 거실의 도도하던 불빛도 잠들고 적막하기 짝이 없었지만, 거실 창에 내려진 블라인드 사이로 흔들리는 푸른색 텔레비전 불빛이 얼핏 보이더라고. 나는 창문을 두드리며 소리쳤어.

"저기요! 저기요! 도와주세요!"

다행히 엄마는 크게 다치지는 않고 일시적인 쇼크로 기절한 거였대. 탁상시계의 쇠로 된 손잡이가 날아가면서 엄마 이마를 긁어서 피가 약간 나긴 했지만 큰 상처는 없었어. 엄마 말로는 아빠가 엄마를 향해 던진 건 아니래. 화가 나서 손에 잡히는 대로 아무거나 던졌는데, 하필 유리가 끼워진 탁상시계를 던지는 바람에 파급 효과가 컸다나. 식탁을 맞고 튀면서 시계 유리가 깨졌고, 그걸 피하려던 엄마가 안방 문에 머리를 세게 박는 바람에 쓰러진 거래. 그러니까 아빠는 엄마가 쓰러진 것까지는 못 보고 나갔대. 나도 그러리라고 믿어. 아빠가 알면서도 내뺄 정도는 아니라고 믿고 싶었어.

응급실에서 나와 차에 탔을 때 비로소 우리를 여기까지 데려다준 사람이 눈에 들어왔어. 병원에 올 때는 머릿속이 하얘져 아무 생각이 없었는데 상황이 정리되니 주변이 읽힌 거지. 운전석에 앉은 사람. 날렵한 체형이지만 근육은 다부져 보이고 서구적인 두상에 뒷머리를 단호하게 쳐서 뒷모습이 단정한 남자. 삼십 대 정도 되었을까? 저번에 큰아빠가 말한 루카스 오빠인가 싶었어. 하지만 어떻게 말을 꺼내야 할지 몰라 고맙다 소리도 못 하고 있었는데, 그 사람이 먼저 말을 했어.

"가서 푹 쉬세요. 약 꼭 바르시고요."

엄마는 한쪽 차창에 몸을 기대고 고개만 끄덕였어. 무안해서인지 아니면 아파서인지 수건에 얼굴을 묻은 채로 말이야.

"그래도 다행이에요. 제가 마침 집에 있었으니. 아, 전 루카스예요."

백미러를 보며 루카스 오빠가 엄마에게 인사하더라. 한국말이 어눌하진 않은데 어딘지 억양이 독특했어. 말과 말 사이에 쉼이 분명하고 전체적으로 차분한 인상이라, 적어도 오늘 겪은 우리 집 일을 마구 떠벌리지는 않겠다는 막연한 믿음이 생기더라. 그래서였을까, 나도 모르게 하품이 나왔어. 긴장이 풀려서 더 그랬을 거야. 하필 입이 쩍 벌어지는 그 순간 백미러로 나를 보고 빙긋 웃는 루카스 오빠와 눈이 마주쳤어.

"안녕."

창피해서 얼른 고개를 숙였어. 늘 하던 대로. 그리고 들릴 듯 말듯 대답했지.

"안녕하세요."

집에 돌아오자마자 엄마는 병원에서 맞은 주사 때문인지 바로 곯아떨어졌어. 나는 거실에 서서 널브러진 잔해를 바라봤어. 파편은 보기보다 더 멀리 그리고 더 넓게 퍼져 있었어. 거실 안쪽에서 벌어진 일인데도 현관 입구까지 파편이 튀어 있었지. 블라인드 사이에 끕힌 유리 조각을 뽑으며 숨은그림찾기를 하듯이 구석구석 숨은 파편을 치워야 한다고 생각하니 한숨이 절로 나왔어. 게다가 내일의 엄마를 위해 마무리로 테이프 청소까지 해야 할 테고.

버겁다는 생각이 들면서도 한편으로는 이 일은 차라리 쉽지 싶더라. 눈에 보이는 것을 치우기만 하면 되니까. 그런데 마음에 박힌 파편은 쉽게 찾아지지 않잖아? 그게 누구에게 어떤 식으로 박혀 있든 간에. 엄마 아빠는 모르겠지만 적어도 내 마음에 박힌 오늘의 파편은 어딘가에서 영혼을 갉아먹을 거라는 생각이 들었어. 상자 속에 있는 썩은 귤 하나가 옆의 귤을 썩게 하듯이.

그동안 엄마 아빠가 숱하게 다퉜어도 오늘처럼 병원에 실려 간 적은 처음이었어. 아빠는 늘 '부부 싸움은 칼로 물 베기'라는 말을 대수롭지 않게 했지만 폭력은 폭력이야. 내게 가해지는 폭력이 아니라 해도, 보고만 있어도 아프고 듣기만 해도 아픈 폭력 그리고 이런 식으로 사랑하는 가족이 다치면 더 아프고 아파서 가슴속에 파편이 박히는 무엇일 뿐이지. 폭력에 다른 이름을 붙일 수는 없어.

언젠가 텔레비전 프로그램에 어떤 연예인이 나와서 자기는 어릴 적에 아빠한테 엄청 맞으며 컸다고 즐거운 무용담처럼 떠들어 댔어. 자기 아빠가 주로 때리던 방망이 자국 때문에 늘 넓적다리 뒤쪽이 퍼렇게 멍이 들어 있었는데, 어느 날 학교에서 체육복을 갈아입을 때 친구가 멀리서 자기를 보고 파란색 줄무늬 반바지를 입은 줄 알았다고 했다면서 깔깔대며 말했어. 내게는 그 이야기가 정말 충격이었어. 사람마다 통증을 느끼는 저울이 제각각 다른 걸까? 나만 폭력에 취약한 걸까? 그러니까 그 저항력이라는 게 나에게만 없는 걸까? 이렇게 심각하게 고민해 볼 정도였지.

그 연예인은 자기도 모르게 과거가 재편집되어 아무렇지 않게 말했는지도 몰라. 사실은 아빠의 폭력이 파편이 되어 박혀서 그의 일부를 망가뜨리거나 다치게 했을지도 모르는데, 그 대목은 댕강 잘라 버리고 우스운 옛일로만 치환하는 건 정말 잘못됐다고 생각해. 더군다나 방송에서 그러면 교육적으로 안 좋잖아? 폭력은 어떤 옷을 입어도 폭력일 뿐이라고.

그때 누가 노크를 했어. 많이 늦은 시간이고 올 사람도 없는데……. 문을 여니 루카스 오빠였어. 병원에서 처방받은 엄마 약을 주는 걸 깜빡했다며. 그러고는 반대편 손에 든 봉투를 들어 보이며 말했어.

"너 저녁 못 먹었을 거 같아서 샌드위치를 사 왔어."

오로지 나를 위해서? 그 생각만으로도 고마움이 뭉클하며 올라왔어.

"얼른 먹어."

원래 부끄러움을 많이 타는 데다가 낯선 사람 앞에서 뭘 먹는다는 건 더더욱 힘든 일이지만 그럼에도 샌드위치를 꺼내 들었어. 아침에 시리얼을 조금 먹은 뒤로 종일 굶었거든.

"잠깐!"

오빠는 커팅 된 샌드위치 반쪽을 들어 종이 윗부분을 살짝 접어 안으로 넣었어. 아랫부분은 냅킨으로 싸서 먹기 좋게 두르고 내 손에 건네더라. 나도 그 정도는 할 줄 알지만 오빠의 손짓은 왠지 더 세련되어 보였어. 그냥 샌드위치가 아니라 왕후의 식사 같은 기분이 들 정도로. 따스한 배려가 있어서 더 감동이었어.

"나연 양, 맛있게 드세요."

오빠는 내 이름을 알고 있더라고. 녹아드는 친절이라고 할까? 모든 게 너무 고마웠지만 차마 부끄러워 고개를 들지 못했어. 사실 고개를 숙인 채 음식을 먹는 건 바람직한 자세가 아니잖아? 그래도 나에겐 그게 최선이라 수그리고 먹고 있는데, 오빠는 내 속마음을 꿰뚫고 있었나 봐.

"아! 편하게 먹어."

오빠가 잠깐 자리를 비켜 주었어. 샌드위치는 천상의 맛이었어. 그동안 먹어 본 어떤 빵보다 맛있더라. 순식간에 다 먹고 샌드위치를 쌌던 종이를 단정하게 접었어. "다 먹었어요." 하고 벌떡 일어서기 어색해서 그 종이를 접고, 접고, 또 접어 내 손가락만 해졌을 때 작은 목소리로 말했어.

"저기요, 잘 먹었습니다."

"저기요, 가 뭐야? 루 오빠라고 불러."

돌아보니 오빠는 비닐장갑을 끼고 샌드위치 포장 봉투 안에 잔해를 주워 담았더라고. 눈에 띄던 큰 것들이 하나도 안 보일 정도로 다 치워진 상태였어.

"감사……합니다."

"감사는 뭘? 어른이 도와주는 건 당연한 일인데. 너 얼른 자고 학교 가야지."

'어른이 도와준다'라는 그 평범한 말이 왜 그리 감명 깊게 들리던지. 루 오빠가 미더워져서 궁금한 점을 편하게 물어볼 수 있었어.

"근데…… 저기, 혹시…… 큰엄마 큰아빠가 아시나요?"

"뭘?"

"오늘 일……."

전에 큰엄마가 한 말이 떠올라서 걱정이 됐거든. 사실 전에 우리가 사는 이 집에 세를 들였는데 형제끼리 싸우다 불을 낼 뻔했대. 그래서 그 뒤로 절대 세를 안 놓았다고. 그때 큰엄마가 "위험한 사람들은 질색이야!"라며 진저리치던 모습이 하도 선명하게 기억이 나서 말이야. 루 오빠는 내 이야기를 듣고 팔짱을 꼈어. 잠시 서서 뭔가 골똘히 생각하는 것 같더니 가까이 다가왔어.

"너 혹시 동병상련이라는 말 알아?"

"네."

"나는 네 아픔을 잘 알아. 그걸 어떻게 아냐면…… 눈에 보인다고 할까? 같은 경험을 한 사람끼리는 잘 보여. 우리 부모님도 많이 싸우셨어. 이것보다 좀 더 리버럴하게? 그래서 나도 알아. 이건 네 잘못이 절대 아니고 너만의 문제도 아니야. 집집마다 문제없는 집은 없어. 그러니 너무 상처 입지 마. 어른이 될 때까지 잘 견뎌 내는 거야. 오늘 있었던 일은 우리 부모님은 물론이고 아무한테도 말 안 할 거야. 왜냐하면 그들은 문제를 다르게 볼 수 있거든. 사람마다 보는 시각이 다르잖아. 그러니까 넌 걱정은 노! 오케이?"

"네."

순식간에 눈물이 훅 하고 고였지만 애써 참았어. 이 대목에서 눈물이 터지면 걷잡을 수 없을 테니……. 하지만 결국은 오빠가 가고 난 뒤에 이불 속에서 펑펑 울고 말았지. 루 오빠 말이 너무너무 고마웠어. 이 모든 게 나만의 문제가 아니라잖아. 내 잘못도 아니고 나만 이상한 것도 아니고 누구나 그럴 때가 있다고 생각하니 위로가 되었어. 루 오빠처럼 남들이 부러워할 만한 사람에게도 비슷한 상처가 있다고 하고 또 나만 그런 게 아니라고 생각하니까 덜 외로워지는 거야. 기쁨은 나누면 배가 되고 고통은 나누면 반이 된다지? 동병상련이 그런 거잖아. 왠지 오늘의 파편은 그리 깊이 박히지 않을 것 같았어.

그리고 루 오빠가 한 말 중에 자기 부모님을 '그들'이라고 삼인칭으로 표현한 것도 인상 깊었어. 그다음 날 아빠가 집에 들어와 엄마와 비교적 가벼운 한판 싸움을 또 벌였을 때 나도 속으로 혼자 뇌까렸어. '그들은 그들의 문제로 싸운다.' 신기하게도 마음이 한결 편해졌어. 엄마 아빠가 '그들'일 수 있다는 게 왜 그렇게 위로가 되던지. '그들'이라는 어휘가 나를 새로운 어딘가로 데려다 놓은 기분이 들었어. 마치 미개척지를 찾아낸 느낌이었어.

삼인칭의 힘

'아! 아! 마이크 시험 중!' 도경에게 받은 첫 카톡이야. 버스 타고 가는 중에 '카톡' 하고 떴어. 마이크를 든 곰돌이 이모티콘 밑에 저렇게 써서 보낸 거야. 재밌지? 난 설렜어. 뭐라고 답해야 할지 곰곰이 생각해 봤는데 선뜻 보내지 못하겠더라고. 그만큼 답장을 잘 쓰고 싶은 마음이겠지. 나도 괜찮은 이모티콘이 있으면 좋을 텐데. 한참을 뒤적거리다가 차에서 내릴 즈음에 간신히 하나 골라 보냈어. 토끼 이모티콘과 함께 '안녕' 이렇게만 써서.

점심시간에 도경은 호탕하게 웃는 이모티콘과 함께 '넌 이모티콘도 부끄러워하네.' 하고 보내왔어. 그제야 깨달았지. 내가 보낸 이모티콘 토끼의 볼이 빨갛다는 걸. 빨개도 너무 빨간 볼의 토끼. 토끼를 보고 있자니 웃긴 게 아니라 속상한 마음이 치고 올라오더라. 왜 난 하필 이모티콘마저도 그런 걸 골라 썼을까? 그래서 에라 모르겠다, 하는 심정으로 섹시한 차림의 고양이가 옆으로 누워서 손가락으로 하트를 날리는 이모티콘을 보냈지. 무슨 의도가 있는 건 아니고 그냥 '수줍어하는 토끼'의 반대 개념으로 '섹시한 고양이'를 가져다 썼을 뿐이야. 아, 물론 소나기 내린 날 체육관에서 벌어진 해프닝에 대해 지나치게 사과하던 도경에게 엇나가고 싶은 마음도 조금 있었어. 철벽남처럼 나를 밀어 내려던 모습에 약간 자존심 상했다고나 할까? 그렇게 쑥스러워만 하는 애는 아니라는 걸 보여 주고도 싶었어.

하지만 내 캐릭터를 조금 다르게 표현하고자 했을 뿐, 절대 도경에게 무슨 마음이 있어서는 아니었어. 아니, 호감이 있었는지도 몰라. 하지만 사람에게 품는 호의 자체가 나쁜 건 아니잖아. 사실 내가 이렇게 구구절절 변명해야 할 필요도 없는 일인데……. 이모티콘 하나가 이상하게 왜곡될 줄은 정말 몰랐어. 체육관에서의 놀이가 일파만파 되었듯 안 좋은 일도 순식간에 퍼져 나갔어. 물론 후자는 전자처럼 누구의 의지가 섞이지 않은 채 엉겁결에 커진 일은 아니야. 거기엔 누구의 분명한 의도가 있었으니까. '내 감정이 더 우선'이라는 인간의 이기심이 만든 일이지.

일이 어떻게 된 거냐고? 도경에게 톡을 보낸 뒤에 아무 답이 없더라. 약간 신경 쓰였지만 그냥 털어 냈어. 내가 무슨 용건을 적은 게 아니니까 그걸로 끝이겠거니 했거든. 원래 카톡이 서로 왔다 갔다 하다가 끝내는 시점이 약간 애매하잖아. 그런데 그날 밤, 도경이 톡을 보낸 거야. 반가운 마음에 열었더니 내용이 정말 황당했어. '나연, 너 주제 파악 좀 해라.' 너무 놀라서 눈을 비비고 다시 봤다니까? 분명 주제 파악을 하라고 쓰여 있었어. 한 대 호되게 맞은 기분이었지. 다른 사람도 아니고 상대는 도경이잖아. 그 애가 그럴 리 없다고 생각했지만 차마 다시 답장을 할 수는 없었어. 덕분에 그 밤은 잠 못 드는 밤이 되었지.

다음 날, 학교에서 화장실 가는 것조차 꺼려졌어. 혹시나 복도에서 도경과 마주칠까 두려웠거든. "그 톡 뭐야?" 하고 묻는 일조차 주제 파악 못 한다는 면박을 받을 것 같은 두려움 때문에. 두려움은 파괴적인 감정이라 내쫓지 않으면 두려움에 잡아먹힌대. 그래서 부단히 내쫓아 보려고 했는데, 두려움은 거미처럼 일단 포획부터 하는 스타일이더라. 내쫓겠다는 의지가 생생하게 살아 있어도 이미 몸은 얼어붙었어.

그런 의미에서 '두려움을 떨쳐 버린다'라는 말은 틀렸어. 두려움이 오는 순간 포획당하니까, 애초에 포획되지 않게 저항력을 키워 놔야 해. 나처럼 저항력 없는 사람은 어쩔 수 없이 두려움의 포로가 될 수밖에 없으니까.

이해가 안 가겠지만 누구에게는 코트 단추 끼우기처럼 간단하고 쉬운 일이 누구에게는 지구를 옮기는 일처럼 어려울 수도 있어. 다른 애들 같으면 당연하게 따져 물을 걸 못 하고 있는 나 자신에게 자괴감이 들었지만, 알잖아? 난 '서도경 효과'로 비로소 자신감이라는 바람을 넣고 간신히 춤추는 인형이었다는 걸. 며칠 동안 내게 빌려줬던 자신감을 누가 다시 가져간 기분이더라. 마치 마법이 풀린 신데렐라처럼 원위치로 돌아와 누더기 공주가 된 거지.

반 아이들도 전과 달라졌어. 처음에는 두려움이 나를 잠식해서 나 혼자 느끼는 괜한 자격지심인 줄 알았는데 그게 아니었어. 진짜로 모든 게 싹 달라졌어. 먼저 말을 거는 아이도 없고 내가 지나가면 어깨에 살짝 손을 얹어 친근감을 나타내던 애들도 전혀 없었어. 오히려 길을 막아서는 아이까지 생겼어. 어디 한번 지나가 보시지, 하는 표정으로. 나는 또다시 투명 인간이 된 건가? 교실 뒤 거울을 보면서 나의 실재를 확인했을 정도라니까. 진짜 그렇게라도 해 봐야 할 만큼 아이들은 나를 완벽한 투명 인간으로 대했어. 혹시 내가 너무 예민한 건가 싶어서 짝에게 말도 걸어 봤어. 하지만 그 애도 대답은커녕 눈길조차 주지 않더라.

나는 점점 불안해졌어. 원인을 알 수 없는 변화는 사람의 피를 말려. 누구에게 물어봐야 할지도 모르겠고. 더구나 이런 분위기에서 벗어날 출구도 없잖아. 한동안 즐겁게 다니던 학교가 다시 회색 지대로 변했어.

숨통이 막혀서 도저히 안 되겠더라. 처음에는 도경을 만날까 봐 고개를 숙이고 다녔는데 이제는 도경이라도 만나고 싶어졌어. 만나서 물어보기라도 해야겠다고 결심했지. 하지만 등하교 때 아무리 두리번거려도 내 눈에 도경은 들어오지 않았어. 한번은 버스 정류장에서 기다려 봤어. 휴대폰으로는 연락할 수 없었어. 휴대폰 속 도경은 도통 내가 아는 애 같지가 않았거든. 내가 아는 도경은 친절하고 싹싹하고 눈망울이 선선한 선하고 호의적인 아이인데……. 전화를 걸거나 톡을 하면 왠지 내게 잔인한 이야기를 퍼부을 것만 같아서.

그러던 어느 날, 집으로 돌아가는 버스에서 무심코 차창 밖을 내다보다 도경을 발견했어. 순간적으로 내리려다 다시 보니 도경 옆에는 여자아이가 서 있더라. 이미 하차 태그까지 했지만 다시 자리로 들어가 앉을 수밖에 없었지.

아! 그제야 상황을 다 알겠더라. 도경의 허리를 너무나 예사롭지 않게 칡넝쿨처럼 휘휘 감고 옆에 서 있는 여자아이가 바로 내 짝이었거든. 모든 게 변할 수밖에 없는 분명한 이유가 있었던 거야. 수수께끼가 풀리는 시간이었어. 뭐, 힘들게 유추할 필요도 없었지. 내 짝이 "넘치지 마라."라고 한 이유도, 도경이 나한테 체육관 해프닝에 대해 지나치게 사과한 이유도 알 것 같았고. 그리고 내 예측도 딱 맞았어. 내 짝이 물길을 트는 힘을 가진 아이라고 예견한 것 말이야. 둘이 언제부터 사귀었는지는 모르지만, 어떤 이유로든 내 짝은 반 아이들이 한 방향으로 가도록 몰아넣은 거지. 틀림없이 나를 향한 적의였으리라고 생각해. 적의 때문에 내 짝은 물길을 틀었고, 우두머리를 따라 맹목적으로 뛰는 자살 쥐 레밍처럼 반 아이들이 우르르 밀어서 내가 수직 낙하한 거야.

그나마 다행스러운 건 버스 밖 광경을 목격하고 나니 두려움이 조금 가시더라. 이유를 몰랐을 때와 알았을 때는 사뭇 다르니까. 실체를 모르면 더 큰 것을 상상하기 때문에 두려움이 커지는 거래. 그래서 직시해야 한다던데, 그 말이 맞았어. 적어도 내가 어느 방향으로 가야 하는지 정도는 파악할 수 있잖아? 그래도 허탈한 마음은 남아 있었어. 특히 도경에 대한 풀리지 않는 미스터리가 남았어. 가벼운 궁금증이 아니라 무거운 체증처럼 털어 내지지 않는 진득함……. 왜냐하면 그건 인간에 대한 믿음이 부서져 내리는 일이니까.

도경을 티 없이 맑고 선한 아이로 느낀 게 잘못이었다는 사실이 정말 허탈했어. 묘한 배신감에서 오는 실망도 있었어. 별로 인정하고 싶지 않은 감정이지만, 도경을 좋아하는 마음이 왜 없었겠어? 민망하니까 얼른 감춘 거지.

모든 게 '서도경 효과' 이전으로 돌아갔어. 좋았던 시간을 '한때 맑음'으로 치부하고 본래대로 돌아가자고 스스로를 위로했어. 그래도 '꽃밭이 될 수도 있다.'라는 희망의 기억은 완전히 사그라지지 않았어. 아이들이 예전처럼 다시 나를 모른 척하고 투명 인간 취급을 해도 난 이미 예전의 내가 아니기 때문에. 하루에 하루를 보태고 그렇게 시간이 지나는 동안 내게는 '좋았던' 시간의 흔적이 남아 있을 테니까. 희망의 흔적, 희망의 맛, 한번 움터 본 희망의 씨앗은 잘려 나가도 태생적으로 다시 싹을 틔우려고 꿈틀대나 봐.

또 하나, 그 희망의 싹을 버티게 해 준 건 루 오빠의 말이었어. 어려움은 나만의 것이 아니며 내 잘못도 아니고 또 누구나 견뎌 내는 것이라는 그 말이 버팀목이 되었어. 희망의 싹이 아주 죽어 버리지 않게 숨통을 보존할 여유 공간이 만들어졌다고나 할까? 누가 나를 공감해 주는 게 이렇게 큰 힘이 되는지 정말 몰랐어. 루 오빠에게 들은 삼인칭 표현을 곱씹으며 견뎠어. '그들은 그들의 사랑을 위해 나를 공격한 것뿐, 나는 아무 잘못도 없다.'

그들에게서 나 자신을 떼어 내 한 발짝 떨어져 바라보는 일은 큰 힘이 되었어. 나를 제외한 모든 이를 분리해 놓는 것. 얼핏 보면 무지 외로울 것 같은데 사실은 그렇지 않아. 얼음 같은 냉

정함이 나를 단단하게 만들어 주거든. 언제던가 '고독이 꼭 나쁘지만은 않아.'라는 노래 가사를 들은 적이 있는데 바로 이런 건가 봐. 전에는 공중 화장실에서도 누구랑 같이 거울을 보면 이상하게 옆 사람이 의식돼서 허겁지겁 먼저 돌아서거나 괜히 얼굴을 붉히곤 했거든. 그런데 요새는 '그들은 그들의 일을 할 뿐이다.' 이렇게 되뇌어. 그러면 온전히 나에게만 집중할 수 있어.

다른 사람에게 휘둘리지 않는다는 건 정말 실속 있는 일이야. 공회전을 하지 않으니까. 그렇게 하나씩 차곡차곡 나에게 집중하는 경험을 하면 뱃심이 두둑해지는 것 같아. 뱃살 말고 뱃심 말이야. 난 그걸 '삼인칭의 힘'이라고 이름 붙였어.

아, 도경에 관한 미스터리는 우연찮게 풀렸어. 어느 날 매점에 갔다가 앞에 서 있던 도경과 마주쳤어. 얼른 눈을 피했지만 도경은 여전히 구김살 없는 맑은 표정으로 손을 흔들더라. 어이없는 캐릭터네, 하고 고개를 돌렸는데 도경이 우유를 사 들고 나오면서 기어코 아는 척을 하더라고.

"하이! 나연, 오랜만. 근데 너 휴대폰 바꿨어? 톡에서 아예 사라졌던데?"

난 대충 고개를 끄덕였어. 사실 도경도 그냥 인사치레로 묻는 말일 뿐, 답을 원하는 그런 질문은 아니더라고. 그런데 내 뒤에 서 있던 여자애 몇몇이 속닥거리는 소리를 듣고 모든 상황을 알게 되었지.

"재가 재한테 껄덕대다가 걸렸잖아."

"헐, 주제넘게 감히?"

"어. 그래서 괘씸죄로 완전 밟혔지."

내 짝이 도경의 휴대폰으로 나한테 톡을 보내고 아예 '친구'에서 삭제한 게 분명해. 그러고도 모자라 반 아이들까지 선동하다니…….

교실로 돌아온 나는 내 짝에게 휴대폰 톡을 보여 줬어.

"이거 네 작품이지?"

당황하는 기색이 역력했어. 굳이 대답을 듣지 않아도 될 만큼 눈동자가 심하게 떨렸어. 난 고개를 주억거리고 조용히 할 일을 했지. 그걸로 됐다고 생각했어. 억울하고 분했지만 더 따지고 든다고 해서 내 짝이 틀어 놓은 물길을 다시 잡아 줄 리 없다는 사실을 아니까. 아이들이 나를 상대로 '감히'라는 표현을 쓴다는 건 애초부터 존중할 의사가 없다는 뜻이잖아. 그러니 진실 따위가 무슨 의미가 있겠어? 더 이상의 분란이 없는 것만으로 만족해야지. 솔직히 말하면 도경이 이상한 애가 아니라는 걸 확인한 것만도 큰 수확이었지. 나는 속으로 나직이 읊조렸어. '그녀는 나빴다.' 아니, 받침을 하나 더 써서 '그년은 나빴다.' 이렇게. 기분이 조금 나아졌어.

또 다른 지렛대가 필요한 순간

내가 살면서 본 불가사의한 장면 중 하나는 헬리콥터가 하늘에서 탱크를 옮기는 장면이야. 날개를 회전시켜 생기는 힘으로 비행하는 항공기가 헬리콥터인데, 그 여린 날개를 이용해 쇳덩이 탱크를 매달고 날다니. 놀랍지 않아?

또 하나, 지렛대도 정말 놀라워. 별것 아닌데 괴력을 만들어 내잖아. 난 그게 또 하나의 불가사의처럼 느껴져. 오죽하면 아르키메데스가 그거 하나면 지구라도 들어 보인다고 했겠어? 과학적으로 풀어놓은 걸 보면 분명한 원리에 따른 당연한 현상일 뿐 불가사의가 아니라고들 하지만, 난 감성적으로 그렇게 느껴져.

내가 지렛대 이야기를 하는 이유는 견디기 버거운 내 어려움을 루 오빠가 가볍게 풀어 줬기 때문이야. 지렛대를 이용해서 쉽게 휙 들듯이. 정말 신기할 정도였어. 학교에서 느끼는 고독감이나 집에서 마주치는 곤혹스러움처럼 내 힘으로는 도저히, 아니, 절대로 떨칠 수 없을 것 같던 그 무거운 것들이 어이없을 만큼 가볍게 들리더라.

오빠가 그랬어. 깨달음은 종이 한 장 차이라고. 엄청난 일이 아니라는 거지. 몸을 틀거나 고개 돌려 보면 다른 게 보이고, 그렇게 생각을 바꾸면 행동도 바뀐다고. 그렇게 바뀐 행동이 발전적인 방향으로 계속되면 행복해지는 거라고. 그게 인생이라고.

솔직히 약간 뜬구름 잡는 말 같아서 무슨 말인지 다 이해하지는 못했어. 그래도 오빠가 해 준 말의 골조는 분명하게 알겠더라고. 언젠가 학교 샘이 말한 것처럼 '리셋'이 가능하다는 이야기니까. 그것만으로도 내게는 희망적이었어. 다시 말해 내 두 다리가 불운의 늪에 빠진 게 아니라서 언제든 의지만 있다면 밝은 곳으로 나아가 어디로든 뛰어갈 수 있다는 뜻이니까. 오빠 말을 오백 프로 믿기로 했어. 무턱대고 믿겠다는 건 아니야. 오빠 말을 믿을 수밖에 없는 일이 있었거든. 그 일 덕분에 오빠와 공감대가 생겼어.

어느 날 학교에서 돌아오는 길에 우연히 루 오빠를 만났어. 동네 초입 카페에 친구들과 앉아 있던 루 오빠가 창밖으로 지나가는 나를 발견하곤 손짓으로 불렀어. "들어와." 하지만 나는 그 자리에 말뚝처럼 서 있었어. 선뜻 안으로 들어가기도, 그렇다고 무시하고 지나가기도 어려운 상태라서. 결국 오빠가 밖으로 나오더니 카페 입구에서 멀찍이 선 나를 향해 손나팔을 만들고는 소리쳤어. "연아, 나 좀 도와줘!" 문득 내 머릿속에 '은혜 갚은 까치'라는 동화가 떠올랐어. 오빠에게는 이것저것 고마운 일이 많았으니까. 할 일이 분명히 있는 명분 있는 자리여서 편하게 따라 들어갔어.

난생처음 먹어 보는 아포가토의 맛에 홀려 있을 즈음 광고기획사에 다닌다는 오빠 친구 중 하나가 말했어. 우리 반 친구들에게 설문 조사를 부탁한다고. 여고생을 상대로 한 제품 광고기획에 필요한데, 단체 카톡에 올려 클릭만 하면 되는 아주 간단한 거라며. 그런데 그 말을 듣는 내 얼굴이 아마 심하게 굳어졌나 봐. "기껏해야 문항이 열댓 개 정도밖에 안 될걸?"이라고 루오빠도 옆에서 말을 보탰어. 하지만 내 얼굴은 굳어지다 못해 서서히 붉어졌을 거야. 그 간단한 일조차 내겐 불가능하니까.

문득 루 오빠가 물었어.

"연아, 왜? 힘들어?"

은혜 갚은 까치는 선비를 위해 죽음을 불사하면서 자기 머리로 종을 울렸잖아? 하지만 난 그마저도 불가능할 거야. 왜냐하면 이건 종에 머리를 박는 일보다 더 어렵거든. 우리 반 아이들은 절대 내 부탁을 안 들어줄 테니까. 아마 부탁하려 했다는 그 사실만으로도 어이없어할걸?

사실 내가 짝에게 폰을 들이밀고 "네 작품이지?" 한 뒤로 보복의 수위가 더 강해졌어. 이번에는 내 짝의 '감히'가 발동한 거야. 지금까지는 반 아이들이 나를 그저 투명 인간 취급만 해 왔다면, 이제는 본격적으로 골탕 먹였어. 단체 톡에 초대해서 다 같이 모이자고 공지한 뒤 참석 여부까지 다 확인받아 놓고는 모이기 직전에 내가 없는 톡방에 변경된 장소를 공지하는 거야. 나만 혼자 처음 공지된 장소에 나가 있는 거지. 나중에 "어머, 세상에! 그 많은 애들 중에서 아무도 연락 안 해 주디? 너 인간성이 별로인가 보네." 이런 식으로 내 책임으로 돌려. 어릴 때 놀이터에서 했던 장난질이 생각나. 나만 술래야. 반 아이들은 나를 피해 도망 다니면서 깔깔깔 웃지.

카페에서 나와 집으로 가는 길에 루 오빠에게 찬찬히 내 이야기를 했어. 정말 하고 싶지 않은 이야기였지만 내가 왜 까치만도 못한지 설명하려면 어쩔 수 없잖아. 천천히 걸으면서 떨리는 목소리로 한 소절 한 소절 고해 성사 하듯 읊자니 가로등 불빛으로 아늑해진 밤거리가 마치 연극 무대 같다는 착각이 들었어. 덕분에 아픈 이야기지만 이건 내 이야기가 아니라 '다른 누구의 이야기'인 것처럼 차분하게 말할 수 있었어.

사이사이 내 발걸음 소리와 루 오빠의 구두 소리가 교묘하게 엇박자를 치며 효과음 역할도 톡톡히 했어. 내가 이야기하는 내내 성실한 조연처럼 “그랬구나.” “저런!” “힘들었겠네.” 맞장구쳐 주던 오빠가 어찌나 고맙던지. 맞아, 어쩌면 오빠가 내 이야기를 열심히 들어 주었기에 무거운 짐을 내려놓고 배우인 양, 희곡 대본을 읊듯이 내 이야기를 할 수 있지 않았나 싶어. 공감은 그만큼 엄청난 일을 하니까.

집 앞에 거의 다 왔을 무렵, 오빠는 문득 나를 바라보며 말했어.

“연아, 난 너의 아픔을 잘 알아. 언젠가 말했던, 동병상련이랄까?”

그러고는 오빠도 나처럼 낮고 단조로운 억양과 말투로 옛날이야기 하듯 말했어. 우리는 자연스럽게 집을 지나쳐서 계속 걸었지.

“난 중학교 3학년 때 학교 폭력으로 퇴학당할 뻔했어. 물론 간신히 미국으로 내뺐지만, 덕분에 그 뒤로 오랫동안 한국을 떠나 있어야 했지.”

학교 폭력이라니? 루 오빠의 외모만으로는 상상하기 어렵지만, 눈에 보이는 게 전부가 아니니……. 무슨 사정이 있었겠지 싶더라.

“어쩌다 그 일에 엮였는지 나도 잘 모르겠어. 학교 다닐 때 겁도 많고 늘 약한 편이었는데, 어쩌다 노는 애들 모임에 들어가서 아마 순간적으로 으쓱했던 것 같아. 내 안에 눌려 있던 뭐가 폭발했는지도 몰라. 전에 얘기했듯이 우리 아빠도 장난 아니게 강압적이었거든. 그래서 집 안에서 눈치만 슬슬 보던 애였는데, 이상하게 그 애들하고 있으면 평소의 나답지 않은 행동을 하게 되더라고. 내 안에 이런 기질이 있었나, 깜짝 놀랄 정도로. 그러던 어느 날 애들이 어떤 친구를 때리는 걸 봤어. 처음엔 무서워서 뒤로 물러나 있었어. 그런데 옆에 서 있던 애가 내 손에 막대기를 쥐여 주면서 ‘너 쫄보냐?’ 이러는 거야. 거부할 수 없었어. 다 같이 우쭐해서 아무렇지도 않게 폭력을 행사하는 분위기였으니까. 대세에 자연스럽게 떠밀려 갔지. 폭력을 증오해 왔는데 아무 소용 없었어. 나도 같이 때렸어. 그런데 맞은 애가 나를 주동자라고 지목했다는 얘기를 한 걸 보면 내가 심하게 오버했던 것 같아.”

오빠 이야기는 동병상련이라기에는 내 경우와 정반대 같았어. 오빠는 가해자였고 난 피해자였으니까. 그런데 이야기는 그게 끝이 아니었어.

“문제는 그 뒤로 계속 이어졌어. 그때 맞은 애가 심하게 다치는 바람에 일이 커졌지. 난 부모님의 도움으로 처벌을 받지 않았지만 나머지 아이들은 다 퇴학 처리가 되었어. 그 점이 아이들을 화나게 해서 나는 미국에 있을 때도 메일이나 SNS를 통해서 끊임없이 공격당했어. 소문의 매도 무섭더군. 한국엔 아예 올 생각조차 못 했지. 방학 때마저도. 난 그런 식으로 처벌받은 거야. 우리 모두 잘못을 반성할 기회조차 없었어. 나는 나대로 도망치기 바빴고 그 애들은 빠져나간 나를 공격하느라 정신없었거든. 그때 미국인 집에서 홈스테이를 했는데, 눈이 괴물처럼 큰 집주인 할머니가 무서워서 방 밖으로 나오지도 못해서 온라인으로 친구를 만날 수밖에 없는 처지였는데 그러지도 못하게 되었으니…… 깊은 우물에 빠진 기분이었어. 연이 네 이야기를 듣자니 그 암흑 같던 시간이 떠오르네. 네 심정이 이해된다. 안타까워서 어떻게든 너를 도와주고 싶어."

어린 나이에 낯선 곳으로 도망쳐서 고립되었던 루 오빠를 상상해 보니 나까지 슬퍼졌어.

"정말 힘들었겠네요."

오빠는 아이처럼 고개를 끄덕였어. 그 순간 내 안에서 뜨거운 감정이 훅 솟구쳤어. 그런 걸 연민이라고 하던가? 오빠도 내게 그런 감정이 느껴져서 이야기를 들어 줬을 테고. 사람만 느낄 수 있는 따스한 감정이잖아? 사람과 사람을 엮어 온 세상을 따스하게 엮는 그런 감정.

이야기를 나누면서 얼마나 갔는지, 우리는 어느 낯선 동네를 걷고 있었어. 루 오빠는 갑자기 멈춰 서서 몸을 돌리며 말했어.

"애니웨이."

루 오빠는 성큼성큼 열 발짝쯤 앞으로 가더니 나한테 손짓했어.

"난 그곳을 지나서 지금 이곳에 있어. 그러니 너도…… 지금은 힘들지만 결국은 다 지나갈 거야. 이리 와 봐."

마치 내가 서 있는 자리에서 오빠가 성큼 앞질러 간 그 자리까지 잘 걸어가면 모든 게 끝난다는 소리처럼 들렸어. 물론 상징적이지만, 난 비장한 마음으로 그곳까지 뚜벅뚜벅 걸어갔어. 맞아, 그때 진짜로 아픔이 사그라드는 기분이 들었어. 루 오빠는 공감이라는 지렛대로 번쩍 들어서 내가 고통에 깔려 있지 않게 도와준 거야. 고개를 돌리면 다른 게 보이고 그렇게 생각을 바꾸면 행동이 바뀐다니, 지금 나를 공격하는 아이들은 쉽게 행동을 바꾸지 않겠지만 내가 단단해져서 걸어간다면 그곳을 잘 지나갈 수 있을 거 같았어. 장애물 넘기를 하듯이, 몰려오는 파도에 몸을 띄우는 파도타기를 하면서 그렇게.

우리는 다시 집으로 향했어. 제법 먼 거리였지만 멀게 느껴지지 않았어. 밤공기는 싱그러웠고 어둠은 감미로웠어. 갑자기 세상이 이렇게 다르게 느껴지다니. 어쩌면 "괜찮아."라고 이야기해 주는 사람이 이 세상에 한 명만 있어도 살아갈 만하겠다는 생각을 막연하게 했어.

그렇게 집 앞에 도착했을 즈음 서서히 걱정이 되기 시작했어. 꽤 늦은 시간이라 엄마한테 혼날 게 뻔했거든. 문 앞에서 머뭇거리고 있었더니 루 오빠는 가다 말고 다시 내 쪽으로 와 집으로 같이 들어섰어. 예상대로 문이 열리자마자 사정없이 튀어나오는 엄마의 고함을 오빠가 막아 줬어.

"죄송해요. 정류장에서 연이를 만나 간식 사 먹다 보니 좀 늦었네요."

오빠 말에 엄마의 표정이 단번에 누그러졌어. 나는 무사히 방으로 들어왔지. 그런데 바로 그때 느닷없는 느낌이 나를 사로잡아 버렸어. 집에 들어서기 전까지의 뿌듯한 감정을 한순간에 다 뒤집을 정도로 이상한 느낌. 다리가 풀려서 그대로 침대에 쓰러져야 할 정도로 무서운 느낌. 사실, 문 앞에 서 있을 때 루 오빠가 등 뒤에서 내 어깨를 감쌌거든. 순간 목덜미에 소름이 돋으면서 머리카락이 삐죽 서는 거야. 그건 분명 낯익은 느낌이었어. 익숙한 향기까지……. 인정하고 싶지 않지만 무거운 추가 달린 확실한 느낌이 자꾸만 나를 잡아당겼어. 아니, 아닐 거야, 부인해 보지만 본능이 이끄는 분명한 확신.

루 오빠 스킨 냄새가 그날 밤 어둠 속의 그 사람을 떠올리게

했어. 나한테 이상한 짓을 한 사람이 루 오빠일 리 없다고, 아니, 아니기를 바라는 마음으로 머리를 계속 털어 내야 했어. 이거야말로 지렛대로 들어 없애야 할 감정이라고 나 자신을 타일렀어. '아니거든. 아니야. 아니라고. 아니란 말이야. 아니었으면 좋겠어.' 하지만 내 바람을 넘는 정확한 느낌은 너무나 강렬했어.

한 고개 넘자마자 더 가파른 고개가 또 눈앞에 있다니…… 너무 가혹하잖아. 힘겹게 층계를 오르면 보통은 층계참이 있던데. 내게는 또 다른 지렛대가 필요한 것 같아 암담해졌어.

50 대 50의 아이러니

갱년기라더니 확실히 엄마 짜증이 더 늘었어. 큰집 덕에 아빠가 안정적인 일을 하게 되고 경제적으로 자리를 잡아서 이젠 문제가 없을 줄 알았는데, 그게 아닌가 봐. 안방에서 엄마 아빠가 언성 높이며 싸우는 소리를 들었어. 아빠가 엄마에게 생색을 내며 "먹고살 걱정은 안 하게 해 주잖냐!"며 소리치니까 엄마가 그러더라. "이 정도 먹고사는 게 전부냐? 윗집 여자를 봐라. 그딴 소리가 나오나!" 그러자 아빠는 발을 구르며 고함치는 거지. "언제는 꼬박꼬박 생활비만 줘도 소원이 없겠다더니 아주 변덕이 죽 끓듯 하네!"

엄마가 변덕이 심한 건 사실이야. 엄마는 '춥다'와 '덥다' 소리도 시시각각 바꾸며 나를 괴롭혔어. 집 안의 온도 조절기 버튼

돌리는 일을 나한테 시켰거든. 버튼 글씨가 너무 작아서 잘 보이지 않는다면서, 엄마는 소파에 누워 주기적으로 짜증을 냈어. “아, 왜 이리 더워!” 또는 그 반대로 “집이 너무 춥잖아. 몸이 으슬으슬해서 못 살겠네!”라고 말하면서.

어느 날, 온도 조절기를 유심히 들여다봤지. 파란색 줄로 이어진 숫자 50까지는 에어컨이 나오고 빨간색 줄의 51부터는 히터가 나오더라고. 물론 버튼을 눌러 끄면 이도 저도 아니겠지만 끄면 또 껐다고 혼날 테니까 50과 51 사이를 왔다 갔다 하면서 조절해야 했어. 난 아무렇지도 않은데, 엄마는 덥거나 춥거나 둘 중 하나만 느낄 수 있는지 어느 쪽에도 만족하지 못했어. 히터도 에어컨도 아닌 무엇은 이 세상에 없는 걸까? 한숨이 나오더라. 조절기를 탓해야 하는지 나를 탓해야 하는지. 온도 조절기 앞에서 막막해하며 서 있자 엄마가 혼잣말처럼 내뱉었어.

“별 시답잖은 일도 저렇게 변변찮게 하니…… 내 참!”

물론 내가 변변찮은 거야 뭐, 익히 다 아는 사실이니까 반항하는 마음조차 생기지 않았어. 대신 변변찮은 나답게 온도 조절기를 보다가 정말 시답잖은 생각을 이어 나가게 되더라. 어쩌면 온도 조절기처럼 50과 51은 차라리 나은지도 몰라. 이것 아니면 저것이니까. 하지만 이 세상에서 제일 고약한 건 51로 가지 못하는 50 같아. 이럴 수도 저럴 수도 없는 딱 중간의 무엇.

세상에는 정말 그런 일이 있더라. 서로 다른 욕구가 딱 반으로 나뉘어 이러지도 저러지도 못 하는 그런 고약한 일.

그래, 루 오빠 이야기를 하는 거야. 루 오빠를 보고 싶은 마음과 보고 싶지 않은 마음이 딱 반반이라 어떻게 해야 할지 정말 모르겠더라고. 50 대 50, 어느 한쪽으로 1도 더 넘치지 않아서 아무것도 못 하겠는 거야. 내 마음을 읽어 주고 공감해 주고 내게 큰 위로를 주는 루 오빠라서 만나고 싶어. 그렇지만 한편으로는 오빠가 두려워. 그래서 보고 싶지 않아. 집 밖을 나설 때도 행여 오빠를 만날까 두리번거리다 후닥닥 튀어 나갔고 카톡을 보내 와도 일부러 숫자 '1'을 건드리지 않고 못 본 척하는 거지. 물론 신경은 계속 쓰여. 좋으면서 동시에 싫은, 아이러니.

학교에서는 여전히 독백만 하면서 지내는 신세였어. 그래도 전보다는 훨씬 편했어. 내게는 '삼인칭의 힘'이 생겼으니까. 난 생각했어. '그들은 그들대로의 학교를 다니고 난 나대로의 학교를 간다. 인생이라는 길을 걸을 때, 어떤 사람은 삼삼오오 더불어 같이 가지만 어떤 사람은 혼자서도 간다. 더불어 가면 하하호호 웃고 떠들며 즐겁겠지만 주변 사람들 신경 쓰느라 길가의 풀도 꽃도 못 볼 수 있다. 대신 혼자 가는 사람은 다른 즐거움을 얻는다. 자신이 혼자라는 것에만 너무 골몰하지 않는다면 말이

다. 이처럼 모든 일에는 다 일장일단이 있다. 모두 똑같은 방식으로 살 수는 없다. 누구에게나 좋은 최선이라는 건 없다.'

나름 혼자 생각해 낸 결론이야. 이런 내용을 나 자신에게 세뇌하고 스스로 토닥토닥하며 지내는 거지. 달리 방법이 없으니까. 그나마 이렇게 지낼 수 있게 된 걸 나는 만족했어. 이런 생각을 하게 해 준, 지렛대를 선물한 루 오빠가 고맙고. 그래서 오빠를 보고 싶다가도 한편으로는 만나는 게 정말 두렵고 싫은 50 대 50의 아이러니에 맞닥뜨리는 거야.

왜냐하면 그동안 루 오빠와 또 일이 있었거든. 어떻게 된 거냐면…… 그러니까 오빠와 낯선 동네까지 걸으며 이야기를 나누던 날, 그날 내 마음에 무거운 추가 달린 사실을 알아챘지만 섣불리 확인할 수는 없었어. 말 그대로 잊고만 싶은 께름칙한 일이라 또다시 없던 일로 내리누르며 지냈지. 예전처럼 머리채를 흔들어 털어 내면서 말이야. 그러나 쉽지 않았어. 전에는 익명의 누구였는데 이제는 실체를 아는 거잖아? 아마, 그 사람이 루 오빠가 아니길 바라는 마음이 강렬했기 때문에 더욱더 힘들었을지도 몰라. 그랬는데…… 더는 아니라고 머리를 털어 낼 수조차 없는 일이 일어났어.

루 오빠와 밤 산책을 한 그날부터 며칠 뒤, 우리 가족은 윗집에 또 초대받았어. 대게 한 박스가 선물로 들어와 찜을 했으니 같이 먹자더라고. 두 번째 방문이지만 여전히 넋 놓게 만들 정도로 고급스러운 집이었어. 처음으로 이 층에도 올라가 봤어. 루오빠 방은 물론 애슐리 언니 방도 구경했지,

언니 방은 그야말로 판타스틱 했어. 하얗고 우아한 캐노피 커튼이 달린 큰 침대가 방 한가운데에 떡하니 있었는데 나도 모르게 끌리듯 안으로 들어섰어. 하늘색과 옥색이 적당히 섞인 옷장과 창틀. 남색 책상과 침대 프레임. 하늘거리는 커튼과 발밑의 푹신한 카펫. 하지만 뭐니 뭐니 해도 내 눈길을 사로잡은 건 또래로 보이는 소녀 애슐리 언니의 독사진이었어. 왠지 모를 여유로움과 자신감이 소녀의 미소에서 또렷이 보였어. 마치 눈썹을 한껏 치켜올린 듯한 표정으로, 사람 얼굴에 붙은 자신감이 이토록 한눈에 확 띄는 것인 줄 그때 처음 알았어.

아래층으로 내려왔을 때 큰엄마가 말했어. 그 사진은 애슐리 언니가 중학교 때이고 지금은 미국에서 유명한 로스쿨에 다니고 있대. 그때 우리 아빠가 뜬금없이 “영어 잘하겠네요?” 하고 말했어. 너무 촌스러운 질문이라 내 얼굴이 뜨거워질 정도였어. 아닌 게 아니라 큰엄마나 큰아빠가 대답은커녕 헛웃음만 지어 보였지. 엄마마저 대놓고 민망한 표정을 짓는데 아빠 혼자 이야기를 이어 갔어.

"요새는 영어 못 하면 사람 구실도 못 하는데 우리 연이가 걱정이네."

그러자 큰아빠가 루 오빠에게 명령하듯 말했어.

"너 여기 있는 동안 연이 영어 좀 봐 주지?"

순간 큰엄마가 감전이라도 된 듯이 몸을 바짝 세우며 루 오빠를 째렸어. 하지만 오빠는 아랑곳 않고 "네."라고 대답했어. 내 의사를 묻는 사람은 당연히 아무도 없었어. 아빠가 주선한 공짜 과외인데 혹시라도 내가 거절하면 혼나는 일밖에 더 있겠어?

그렇게 해서 나는 루 오빠와 영어 공부를 하게 됐어. 처음에는 정말 내키지 않았지만 수학 과학은 못 해도 언어 쪽은 흥미 있어 하는 타입이라 오빠가 준 영어 소설로 공부하는 게 재미있었어. 내용도 유익하고 어휘력도 쑥쑥 느는 게 느껴지더라. 문법 책으로 배우는 영어는 공부일 뿐이지만 소설의 줄거리를 알아 가면서 배우는 영어는 살아 있는 언어로 느껴져서 좋았어. 어차피 내게 학교는 폐허 같은 곳이라 그 어떤 맛도 느낄 수 없었는데 이런 식으로 공부에 재미를 붙이는 것도 좋았지. 그 집을 편하게 들락거릴 수 있게 된 점도, 애슐리 언니 방에서 마음대로 책을 읽으라고 허락받은 점도 좋았어. 적어도 처음엔 그랬지.

하지만 뭐든 멀리서 보는 것과 가까이에서 보는 것은 다르기 마련이잖아. 모르고 넘어가도 될 일을 굳이 알게 되기도 했어. 큰엄마와 큰아빠가 다투는 모습. 그들이 싸우면서 내뱉은 말 중에는 우리가 진짜 친척이 아님을 짐작하게 하는 대목도 있었거든.

"배다른 형제가 뭔 친척? 친척은 개뿔!"

이런 이야기를 들은 뒤로는 폭풍 전야 같은 기분이라 마음이 편치 않았어. 게다가 무엇보다 루 오빠를 만나면 늘 그 밤의 기억이 쉽게 내리지 않는 미열처럼 지속되어 불안했거든.

그러던 어느 날이었어. 이 층에서 공부하고 있는데, 아래층에서 고함 소리가 들려왔어. 오빠는 아무 소리도 들리지 않는 듯이 태연하게 영어 해석을 계속했어. 아는 척하지 말라는 뜻인 것 같아서 나도 모른 척을 했지. 오빠 목소리 외엔 아무것도 안 들리는 척. 하지만 영어 원문을 읽는 오빠의 목소리나 몸의 미세한 떨림이 감지되었어. 그 떨림은 처절했어. 그게 뭔지, 난 알거든. 지진을 겪어 본 적은 없지만 큰 지진이 일어난 뒤 간헐적으로 이어지는 여진을 느낄 때마다 느끼는 공포심이 아마 이와 비슷할 거야. 나보다 키도 덩치도 훨씬 큰 루 오빠의 떨림을 보고 있자니…… 그래, 동병상련이 느껴져서 마음이 아파 왔어. 내 가족이 빚어내는 폭력, 그건 폭력이 빚어내는 단순한 공포감을 뛰어넘거든. 존재 자체를 흔들어 와해하고 혈관의 피가 탁해지는 경험을 하게 해.

나는 마음속으로만 오빠를 토닥였어. 그때 아래층에서 뭐가 부서지는 소리가 크게 들려왔어. 더는 모른 척하기 힘들 정도였어. 그 순간 루 오빠가 양손으로 내 귀를 막아 줬어. 오빠나 나나 불안하기는 매한가지라 우리는 전쟁 통에 서로만을 의지하는 오누이처럼 숨을 죽이고 있었어. 그런데 오빠가 숨이 거칠어지더니 갑자기 나한테 입을 맞췄어. 그러고는 손을 뻗어 내 다리 사이로 손을 밀어 넣었어. 나는 본능적으로 다리에 힘을 주고 오빠를 밀어 냈어. 하지만 소리는 지를 수 없었어. 언젠가처럼 몸이 얼어붙었거든. 누가 주문을 걸기라도 한 듯이 머릿속은 활활 끓어오르면서 아우성치는데 몸은 일시 정지 버튼이 눌려 있었어.

오빠는 나를 강제로 눕히고 제압했어. 아래층은 여전히 시끄러웠어. 그 소리는 들리는데, 정작 내 안에서 솟구치는 칼 같은 비명은 소리가 되어 나오지 못했어. 작은 소리로, 그러나 절절하고 분명한 말로 "제발요!"만을 연거푸 외쳤지. 오빠가 동물원의 맹수처럼 보였지만, 그래도 오빠는 사람이니까. 그동안 나를 다독거려 준 오빠니까 내 말이 오빠에게 가 닿으리라고 믿었어. 그런데도 오빠는 멈추지 않았어. 내가 할 수 있는 일은 누운 채 손으로 바닥을 더듬어 휴대폰을 손에 쥐는 것밖에 없었어. 내 손에 휴대폰이 들리자 루 오빠는 그제야 이성이 돌아왔는지 항복하듯 양손을 위로 올리고 옆으로 비켜 엎드렸어.

후다닥 그 방에서 튀어 나가야 하는데 난 그렇게 못 했어. 오빠의 뒷모습이 나한테 말하는 것처럼 보였거든. 괴롭다고. 오빠가 가해자고 내가 피해자인데, 난 괴로워하는 듯한 오빠의 뒷모습을 읽고 있었던 거야. 터무니없게도 이런 일이 벌어진 게 마치 내 잘못 같다는 생각이 들었거든. 그 순간 하마터면 미안하다고 말할 뻔했으니까.

대체 왜 그런 생각이 들었는지 정말 모르겠어. 엉클어진 서랍 속 같다고나 할까? 중심이 되는 감정이 뭔지, 그에 따라오는 부차적인 감정이 뭔지, 전혀 모르겠더라. 안팎조차 구분되지 않는 순간이라 잠시 고개를 숙이고 있었어. 그때 루 오빠가 작은 소리로 말했어.

"가라."

그제야 나는 상관의 명령을 받은 병사처럼 밖으로 나와 집으로 뛰었어.

집까지 가는 그 짧은 동안에도 걸음걸음 솟구치는 슬픔을 느낄 수 있었어. 그 밤의 범인이 루 오빠가 맞는구나, 하는 확신. 이제 더는 루 오빠를 순수하게 의지하고 믿고 따를 수만은 없겠구나, 하는 상실감. 루 오빠를 잃고 싶지 않은데 잃을 수밖에 없겠구나 하는 두려움과 이제 더는 순결하지 않은 내가 되었다는 서글픔. 그런 감정들이 마구 뒤엉켰어. 아니, 이럴 때 '순결'이라는 표현은 틀린 건가? 아무튼 이제 나, 나연이라는 아이의 존재가 절대적으로 맑고 깨끗하지 않다는 의미도 있고. 또 한 가지 슬픔은 루 오빠와 내가 좋은 관계일 수 없다는 것. 그 사실이 나를 좌절하게 했어. 이제 더는 평범한 사촌 오빠와 동생 사이가 아닌 거잖아.

집에 와서 십 분 넘게 양치질을 했어. 이제 이 일이 벌어지기 전으로 되돌아갈 방법은 더는 없어. 머리를 흔들면서 아니라며 나 자신을 속일 수도 없고 또 애써 나 자신을 속여 온 그동안의 노력이 다 날아간 허무한 순간에 이르렀으니, 거울 속 내 모습을 마주 보는 것조차 민망해졌어.

난 앞으로 어떤 사람이 되어야 하는 걸까? 이런 질문을 떠올리며 구석구석 이를 닦았어. 닦는 동안은 잠시 진정되는 것 같았어. 하지만 수건으로 입을 훔치고 난 뒤 거울을 보니 눈물에 갇혀 심하게 뭉그러진 내 모습이 보이더라. 그 모습은 차라리 나았어. 구슬처럼 실한 눈물이 바닥으로 떨어질 때마다 또렷이 보이는 내 얼굴을 마주하기가 힘들었어. 하체의 통증은 온몸을 옥죄었어. 다리가 너무 후들거려 서 있을 수가 없어서 세면대 아래 욕실 바닥에 쪼그리고 앉아 울었어. 욕조 물을 틀어 놓고 숨죽여서 말이야. 다, 모든 게 다 내 잘못인 것만 같아서. 다. 다. 내 후줄근한 팔자 탓인 거 같아서. 나는 왜 뒷골목을 쓸고 다니는 더러운 먼지 같은 아이로 살아야 하는 걸까? 전에는 수줍어서 고개 숙이고 살아야 했는데 이제는 더러운 존재로 바닥을 훑고 다녀야 하는 무엇이 되어 버린 것 같았어. 오래오래 꼼꼼히 샤워를 했지만 기분은 도통 씻겨 내려가지 않았어.

나 자신에 대한 원망으로 한참을 울다, 눈물이 바닥나 마른 울음으로 어깨만 들썩거려질 즈음부터는 다른 감정이 스멀댔어.

아빠가 미웠어. 깊은 밤 도둑질을 하느라 안채 정원을 달리던 아빠가 정말 미웠어. 그딴 사람이 내 아빠라니.

루 오빠도 미웠어. 나를 가만 놔두지 않은 오빠가 원망스러웠어. 나한테 동병상련이라고 말했으면서……. 편하게 아픔을 나눌 수 있는 그런 미더운 사촌 오빠로 남지 못한 루 오빠가 미웠어. 왜 다른 사람으로 변신해야 하는지, 왜 하필 그런 사람이어야 하는지, 오빠를 그렇게 만든 게 뭔지 정말 야속했어.

그리고 엄마도. 이럴 때 내 무거운 짐을 같이 열고 하나하나 갈무리하며 편안히 의논해 줄 수 있는 엄마가 아닌 게 미웠어. 절대 곁을 내주지 않는 엄마, 말조차 건네기 힘든 무서운 엄마. 늘 내 심장을 조마조마하게 만들고 언제 화낼지 몰라서 나를 전전긍긍하게 만드는 그딴 엄마가 미웠어. 어떤 책에는 언제든 달려가 안길 수 있는 존재가 엄마라고 쓰여 있었어. 그때 '아무 경계심 없이 나를 던질 수 있는 기분이란 어떤 걸까.' 상상하며 정말 부러워했거든. 왜 내게는 그런 엄마가 없을까?

그리고 마지막으로, 도경이 떠올랐어. 처음에는 도경이 왜 팝업창처럼 느닷없이 떠올랐나 의아했는데 곧 알 것 같았어. 더는 도경에게 가까이 갈 수 없는 나 자신에 대한 연민이 커져 비장함으로 번졌기 때문이야. 언젠가 도경과 정말 순수하고 아름다운 연애를 할 수 있을지도 모른다는 그런 희망을 내가 품고 있었나 봐. 이제 그런 사랑은 영영 못 하겠지. 꼭 도경이 아니더라도 말이야. 분홍색 선혈로 얼룩진 내 치마가 "넌 여기서 끝!"이라고 말하고 있었어.

그 후 꼬박 이틀 동안 열 감기를 앓았고, 그 탓에 처음으로 결석을 했어. 엄마와 달리 나는 개근상에 큰 의미를 둔 적이 없어서 오히려 결석이라는 새로운 경험이 좋을 지경이었어. 문밖으로 나가지 않아도 되고 어느 누구한테건 싫은 소리를 듣지 않아도 되는, 그야말로 진정한 고요 속에 잠길 수 있는 공공연한 잠수. 물론 엄마는 몸 아픈 것도 정신력 문제라며 야단쳤지만.

고열 때문에 수시로 잠에 빠져들어서 좋았어. 전날의 기억을 잊고 시간을 견뎌 내는 데 제일 적합한 게 잠이었으니까. 차라리 깨지 않으면 좋겠다는 생각이 들 정도로. 그런데 한참을 잠에 빠져 있다가 눈을 뜨니 열 때문에 입술이 벗겨 놓은 귤 껍

질처럼 바짝 말라서 너무 아픈 거야. 간신히 고개를 돌려 보니 마침 침대 옆에 새콤한 오렌지 주스가 박스째 놓여 있더라. 사막에서 만난 신기루처럼 반가워 허겁지겁 꺼내 마시는데 방문 밖에서 엄마가 누군가와 두런거리는 소리가 들렸어. 틀림없이 루 오빠 목소리였어. 놀라서 얼른 다시 누웠지만 기척을 알아차린 루 오빠가 "연아, 깼니?"라며 내 방으로 들어왔어.

눈을 질끈 감고 자는 척했지만 루 오빠는 내가 안 자는 걸 아는지 특유의 어눌한 말투로 작고 낮게 속삭였어.

"정말 미안해. 용서해 줘."

목소리는 떨렸고 흐느끼는 듯했어.

"너도 알다시피 그 상황이 되면 제정신이 아니야, 마치 내가 아닌 것처럼, 그 상황이 되면……."

그 대목에서 내 마음이 약간 흔들렸어. '그 상황'이 주는 특수성을 적어도 나는 아니까. 이야기 마지막에 오빠는 깊은 한숨을 쉬며 "어떨 땐 내 안에 나도 모르는 내가 있는 것 같아."라고 했어. 그때 내 침대가 흔들리는 것 같아 살짝 실눈을 떴더니 오빠가 침대 아래쪽 바닥에 무릎을 꿇고 있다가 일어나는 중이었어. 난 속으로 생각했어. 사람에게는 누구나 '나도 모르는 나'가 있을 수 있으니까, 그런 행동을 한 오빠는 진짜 오빠가 아니지 않을까, 하는. 오빠를 잃고 싶지 않아서 합리화했는지도 모르지만 말이야.

맞아, 눈뜨지 않고 끝까지 자는 척했지만 나는 마음속으로 부지런히 오빠를 이해하고 있었어. 그를 이해하려고 애쓰는 건 결국 나를 위한 일이라 생각했던 것 같아. 오빠가 유일한 출구였고…… 어떻게든 나도, 살아야 하니까.

그루밍 토크

어느 일요일, 잠시 초저녁잠에 빠진 나를 엄마가 득달같이 깨웠어. 장 보러 나가자고 말하는 엄마 얼굴이 평소와 달리 무척 들떠 있어서 의아했어. 장 보는 일이 엄마를 저렇게까지 기분 좋게 할 리가 없는데? 나는 잠이 덜 깬 채 터덜거리며 엄마를 따라나섰지. 놀랍게도 엄마는 집 앞에 있는 하얀 승용차의 뒷문을 열고 타라고 했어. 더 놀라운 건, 그 차의 운전대를 잡고 있는 사람이 아빠였다는 사실. 아빠 말로는 큰아빠가 새로운 사업을 확장하면서 일을 도와달라고 사정사정하며 빌려준 거래.

"기동력이 없으면 일이 되겠어? 사업은 시간 싸움인데."

큰아빠가 사정했다는 말이 믿기지는 않지만 그래도 아빠 말의 핵심은 대충 파악했어.

차 있는 사람답게 대형 마트에서 듬뿍듬뿍 장을 보는 엄마 아빠는 기분이 무척 좋아 보였어. 물론 나도 그랬어. 엄마 아빠가 행복해하는 모습을 보는 게 세상에서 가장 좋은 일이니까. 그래서 속으로 큰아빠에게 감사를 전했어. 차까지 빌려줄 정도라면 아빠가 그럴싸한 일을 하겠지 싶었어. 그래서 내 마음이 50 대 50에서 자연스레 한쪽으로 더 치우치게 된 것 같아. 루 오빠와의 관계가 나만의 문제는 아니니까.

그래서, 아니, '그래서'라고 하면 이상하게 들리려나? '그래서' 말고 '그냥' 시간이 조금 지나면서 루 오빠를 다시 만날 수 있었어. 솔직히 편하지 않았지만 편한 척하며 만나야 했어. 그러기로 작정한 뒤라 노력을 많이 했어. 마음의 노력. 사실 나만 모른 척하면 되는 일이니까 계속 영어 과외도 받았어.

오빠나 나나 누구도 그 일을 다시 거론하지는 않았는데, 오빠는 그 일을 진심으로 사과하는 사람처럼 이전보다 훨씬 더 잘해 줬어. 그야말로 물심양면 나를 보살펴 줬어. 엄마 아빠에게서는 받아 보지 못한 살갑고 따스한 배려 덕에 마음속에 늘 상처로 단단하게 굳어 있던 피해 의식이 말랑말랑해졌어. 그러면서 자신감도 생기더라고. 의지할 데 없어 바람이 모는 대로 이리저리 마냥 쓸려 다니던 때와 달리 누구의 등 뒤에 숨어들어 잠시 바람을 피할 수 있다는 게 얼마나 큰 힘이 되던지. 도경 특유의

해맑은 "하이!"를, 이제는 나도 처음 보는 사람에게 할 수 있을 것만 같았어.

실제로도 정말 그랬어. 슈퍼마켓이나 식당에 가서도 내가 원하는 걸 똑바로 묻곤 했으니까. 문제가 생기거나 일이 꼬여도 당황하거나 무조건 내빼지 않고 조목조목 따지기도 했고. 때로는 그런 내가 자랑스럽기까지 했어. 오빠가 선물로 사 준 지갑이나 운동화. 또 애슐리 언니가 절대 쓸 일이 없으니 내 마음대로 가져도 된다고 한 언니의 책상 서랍 속 물건들. 예를 들면 언니가 모아 둔 문구용품이라든가 액세서리, 가방 같은 것들이 나를 더 우쭐하게 만들었어. 마치 부잣집 딸이 된 기분, 대접받고 존중받고 지지받고 있다는 착각이 나를 한껏 부추겼지.

얼굴이 빨개지지 않을 수 있는 건, 예전에 선생님이 말한 것처럼 단순한 세팅으로만 되는 일이 아니었어. 자신감이 빚어내는 조화임을 깨달았지. 물론 그 자신감의 근거는 나 자신에 대한 확신이 아니라 가시적인 것들에 기대어 있지만, 그래도 덕분에 내 짝에게 과감히 도전할 수 있었거든. 언젠가 내가 들고 간 애슐리 언니의 에코백에 시선이 꽂힌 짝이 "이거 설마…… 네 거야?" 하고 묻더라고. 그래서 "왜 아니겠어?"라고 답하면서 항상 내 책상으로 넘어와 있던 그 애의 물건들을 과감하게 밀어 버렸어. 그리고 "선은 지키자." 한마디 했어.

짝은 그런 내 행동을 진짜 어이없어했어. 눈 코 입이 커질 대로 크게 커져서는 한참 동안 날 바라봤지. 그런데 신기하게도 그 뒤로는 예전과 달리 내게 고압적인 태도를 취하지 않더라. 조금이나마 예의를 지킨다고 해야 할까? 아무튼 내게는 나쁘지 않은 경험이었어.

나중에 깨달았는데, 그때 나를 변화시킨 건 사실은 자신감이 아니었어. 그건 변질된 죄책감이 벌인 일이었어. 일종의 '에라, 모르겠다!' 그런 심정이랄까? 노골적으로 인정하지는 않았지만 내 맘 깊은 곳에는 '흠집 난 나연'이라는 자괴감이 있었나 봐. 왜 그런 거 있잖아. 흠집 날까 봐 애지중지하던 휴대폰 화면에 진짜 흠집이 생기면, 그 뒤로는 약간 자포자기하는 심정으로 폰을 막 굴리는 그런 것처럼. 자신감이든 자포자기든 편해져서 좋긴 한데, 한편으로는 이게 정말 궁극적으로 좋은지 나쁜지 잘 모르겠어서 혼란스러웠어. 원래 좋은 것과 나쁜 것은 동전의 양면처럼 동시에 오는 걸까?

루 오빠와는 한동안 잘 지냈어. 하지만 평화는 오래가지 않았어. 큰아빠가 운영하는 식당 체인점이 지방에 한꺼번에 두 군데나 개업해서 루 오빠는 물론 엄마 아빠까지 큰집 일을 도와주러 간 날이었어. 시간이 너무 늦어져 어른들은 못 오고 루 오빠만 집에 돌아왔어. 나를 위해 뷔페 음식을 챙겨 왔다더니만 오빠는 또 내게 덤벼들었어. 술 냄새가 나는 루 오빠는 전보다 더욱 거칠게 행동했어. 나는 집 밖으로 도망치는 대신 오빠를 밀치고 "안 돼." 분명하게 말했어. 그사이에 오빠와 많이 친해졌기 때문에 얼마든지 대화로 이런 상황을 멈출 수 있으리라 생각했거든. 오빠를 믿었으니까. 오빠는 공부도 많이 했고 상식적이고 그 누구보다 나를 이해해 주는 사람이니까. 무엇보다도 어른이니까. 그리고 지난번의 실수가 실수로 끝나려면 두 번은 없어야 하니까.

그런데 달라진 건 나만이 아니었어. 루 오빠도 지난번과는 달랐어. 오빠는 나를 잡고 떼쓰는 아이처럼 애원했어. 힘들고 외롭다고, 자기 좀 봐달라고. 마치 돈이라도 꾸러 온 사람처럼 나한테 부탁했어. 오빠가 내 손을 잡고 "나 좀 도와줘."라고 말하는데 정말 당황스러웠어. 내가 "어떻게?"라고 묻자, 오빠는 "넌 나를 도와줄 수 있어."라고 자분자분 말했어.

"너 원숭이들이 털 고르기를 하는 거 본 적 있어?"

원숭이 한 쌍이 털을 골라 주는 다정한 모습을 다큐멘터리에서 본 적이 있어. 어찌나 정겹게 서로의 몸을 뒤적이는지, 정말 흥미롭게 봤던 기억이 나서 고개만 끄덕였지. 그러자 오빠가 말을 이었어.

"서로의 몸에서 벼룩을 잡아 주는 거라지만 사실은 그게 아니야. 두 가지 이유가 있지. 하나는 상대 원숭이의 피부에 남아 있는 고체화한 염분을 먹기 위해서고 또 하나는 애정 표현이야. 그걸 그루밍 토크라고 한대. 영장류는 그런 식으로 서로 협력하는 거지. 우리 인간도 서로 사랑하고 문자를 보내거나 댓글을 달아 주면서 친밀감을 나누잖아? 어떤 학자가 그랬대, 그것 역시 털 고르기의 디지털 버전이라고."

오빠는 '우리'도 그런 그루밍 토크를 하는 거라며 힘주어 말했어. 비슷한 처지라 서로를 더 잘 이해할 수 있고 우리 둘만 나눌 수 있는 무엇이 있는데, 그건 아무도 이해할 수 없다고 말했어. 오빠가 나를 위해 도와줄 수 있는 무엇이 있듯 나 또한 오빠를 위해 도와줄 수 있는 무엇이 있다면서.

오빠가 말한 그 무엇이 무엇일지를 내가 곰곰이 생각도 해 보기 전에, 오빠는 내 손을 꼭 쥐었어. 아플 정도로. 그만큼 단호하다는 뜻을 보여 주려 했나 봐. 내가 오빠를 위해 해 줄 수 있는 거, 자신을 토닥여 주면 된대. 그래야 우리가 공평하다고 오빠가 말했어. 세상 모든 관계는 공평해야지, 공평하지 않으면 부당하다고. 공짜는 없다는 말도 했어. 그 말이 이상하게 걸리더라. 그동안 오빠로 인해 좋았던 기억들, 지렛대 같았던 고마운 말들, 오빠 덕분에 먹고 입고 보았던 그 모든 것이 다 값어치로 환산되어야 하는 '무엇'이라는 말을 하는 듯해서 목구멍 안에 뭐가 탁, 걸리는 기분이었어. 설마 하고 있는데 오빠는 내 추측이 틀리지 않았음을 곧바로 확인시켜 줬어.

"우리가 수입해 온 골프채를 너네 아빠가 박스째로 내다 팔았지만 그까짓 물건은 중요하지 않아서 난 아무한테도 말하지 않았어. 사람에게 중요한 건 마음이야. 서로를 다독여 주는 마음. 그게 사람을 살게 하는 힘이거든. 봐! 그루밍 토크를 위해 얼마나 많은 사람들이 인터넷에 들락거리고 SNS를 하느라 넋이 팔려 있는지. 연아, 우리도 서로를 위해 도와주는 거야. 그리고 이건 우리끼리만 알고 있어야 해."

솔직히 오빠가 무슨 소리를 하는지 이해가 안 되었어. 분명한 점은 내가 오빠에게 뭔가를 해 줘야 할 의무가 있다는 것. 거기에 선택의 여지는 없다는 것. 아빠가 내다 판 골프채 박스는 지금은 오빠에게 중요하지 않지만, 내가 뭔가를 하지 않으면 중요해질 수도 있을 것 같았어. 막연하게나마 그런 공식이 머릿속에 그려졌어. 그래서 루 오빠의 손아귀에서 내 손을 빼지 못했고 몸을 틀어 도망칠 수도 없었어.

결국 오빠가 원하는 대로, 나는 절대 하고 싶지 않은 일을 해야 했어. 그렇게 하는 게 과연 오빠를 위한 토닥임인지 모르지만 난 너무 무섭고 아프고 끔찍했어. 공평하지 않다는 생각만 들었거든. 이런 일을 하기에 나는 어리고, 이 일이 옳지 않다는 걸 알았어. 하지만 내가 벗어날 수 없는 구조 안에 있다는 사실도 잘 알아서, 그냥 무기력하게 현실을 받아들였어. 한쪽이 묶인 스프링처럼, 튕겨 나갔다가도 다시 루 오빠에게 돌아가는 내가 된 거야.

내가 원치 않는 일을 시키는 시간 외의 오빠는 더없이 친절하고 좋은 사람이었어. 어떤 사람이 진짜 루 오빠인지 헷갈릴 정도로. 그래서 또다시 50 대 50 반반의 결정 앞에서 오락가락했어. 하지만 전과는 질적으로 약간 다른 반반이었어. 형식은 같지만 내용은 다른. 구조적으로는 오빠를 다시 찾게 되는 50이 존재하지만 나머지 50의 마음은 전과 같지 않았어. 오빠를 정말 다시는 보고 싶지 않다는 생각이 간절해지는 순간이 많아졌지. 정확히 말하면, 오빠를 다시 찾아야 하는 구조 속에 놓이고 싶지 않다는 생각이 절실해졌어. 그래. 오빠한테서 벗어나고 싶었어.

출구 없는 미로 속에 갇힌 한 마리 쥐가 된 기분이었어. 출구를 찾지 못해서 헤매다, 생존하기 위해 안 좋은 먹이라도 먹으며 갈팡질팡하는 한 마리 쥐. 나한테서 시궁쥐의 더럽고 역겨운 냄새가 나는 것 같을 때도 있었어. 그럴 때면 머리카락 끝을 잡아 뜯는 자해도 했어. 뒤통수의 한 부분이 성글어질 정도로.

하지만 항상 같은 생각만 하게 되지는 않더라. 사이사이 찾아오는 합리화의 시간들이 잠시나마 나를 숨 쉬게 했어. 오빠의 선의를 믿고 싶고, 어쩌면 그게 더 클지도 모른다는 생각. 그 일을 할 때면 오빠는 내게 “사랑해.”라고 했는데 그 목소리가 정말 절절했어. 의미 없는 비명이 아니라 오빠의 마음을 관통해서 나온 것 같은 진심 섞인 말. 그 말에 내 마음을 기대고 싶었어. 사랑한다는 말은 좋은 말이잖아. 그게 누가 되었든 간에.

그런데 오빠가 야단치듯 나한테 “너도 사랑한다고 말해.”라고 시킨 적이 있어. 그래서 그때 나는 오빠의 ‘사랑해’는 진짜가 아닐 거라는 생각이 들었어. 그건 마치 역할놀이 할 때 부르는 ‘여보 당신’ 같은 거라는 의심이 들었지.

그것 말고도 오빠를 이해하려는 나의 노력은 또 다른 합리화를 불러들였어. 이를테면 틱 증상처럼, 오빠에게도 그런 부분이 있을 뿐이라고. 남자는 여자와 달라서 더러 그런 사람들이 있다고. 오빠는 진짜로 내 도움이 필요할 뿐이라고. 그러니 어느 쪽에서 건네든 결국 선의의 범주 안에 포함된 일이라고 합리화했어. 그래야 내가 편하니까.

그러나 합리화의 끈이 허술해지면 어김없이 자학의 시간이 돌아왔어. 50 대 50 안에서 헤매어 돌며 오늘은 이런 결론을 내렸다가 이튿날에는 다른 결론을 내리며 우왕좌왕했지. 그런 나를 보면 어쩌면 나야말로 ‘그루밍 토크’를 하기 위해 자발적으로 나선 게 아닌가 싶어. 강제에 의해서가 아니라 자발적으로 묶여 있는 게 아닐까 하는. 그런 생각이 들면 너무 괴로워서 하수구에 머리를 처박고 싶었지.

하지만 발작하듯 화내는 엄마에게 쫓겨나 집 밖으로 도망치는 날이면, 루 오빠밖에 떠오르지 않았어. 다시는 내가 먼저 연락하지 말아야지, 다부지게 결심하고 다이어리에 각오까지 적어 놓고 마음을 다잡다가도…… 마음이 불안해지고 힘들어지면 결국 루 오빠에게 의지했어. 그러다 오빠가 그 일을 또 부탁하면 거절을 못 하고…… 악순환의 연속이었지. 내 잘못이지?

오빠는 내 아킬레스건을 잡고 숨통을 조여 왔어. 그래서 나로서는 선택의 여지가 없었어. 루 오빠네 덕에 모처럼 침몰하지 않는 튼실한 배에서 바다를 종횡무진 누비게 된 아빠. 비교적 평화롭게 순항하고 있는 우리 가족의 배를, 내가 뒤집어엎을 수는 없잖아. 그나마 위로가 된 건 겨울이 되면 오빠가 다시 미국으로 간다는 사실이었어. 끝이 있는 일이라고 생각하면 그냥 참고 견디면 되잖아? 그리고 그게 모두를 위한 일이 될 테니까. 그렇게 결론을 내린 채 하루하루를 견디며 지냈어.

물론 엄마에게 도움을 청하지 않은 건 아니야. 어느 날, 집으로 가는 버스 안에서 도경을 만난 날이었지. 난 그 애를 똑바로 볼 수 없었어. 너무 부끄러웠거든. 돌이킬 수 없는 강을 건넌 것처럼 스스로가 너무 초라하게 느껴졌어. 오물을 뒤집어쓰고 서 있는 기분이랄까? 그래서 고개를 숙이고 있었어. 또다시 얼굴이 벌게져서. 이전의 수줍음에서 비롯된 빨개짐이 아닌, 종류가 아주 다른 빨개짐이지. 예전의 나, 수줍어서 얼굴 빨개지던 내가 사무치게 그리워질 정도였어. 자괴감이라는 말이 무얼 뜻하는지 새삼 분명하게 알 것 같더라. 수십 개의 조각으로 깨져 있는 거울 속 나를 바라보는 느낌이랄까?

그날, 나는 집에 들어서자마자 엄마에게 대뜸 할 말이 있다고 했어. 그만큼 절박했으니까. 누가 루 오빠에게서 나를 구해 주면 좋겠다는 생각이 정말 간절했어. 집으로 오는 내내 악순환을 끊어야 한다고 다짐했던 터라 나름 당당하게 말을 꺼냈지. 다만 앞뒤 생각 않고 "엄마, 우리 이 집에서 나가요."라는 말부터 꺼낸 건 내 잘못이었어. 내 말에 엄마가 흰자위를 희번덕거리며 "뭐?"라고 소리쳤지. 엄마의 험악한 표정을 보는 순간 본능적으로 도망치고 싶어졌어. '그래, 내 말 안 먹힐 게 뻔해.'라는 부정적인 사고가 나를 무조건 도망치라고 부추긴 거지. 왜 그런지 엄마 앞에 서면 나는 늘 쫓기는 쥐가 된 기분이 들거든.

한편으로는 치밀 듯이 화도 났어. 딸의 고통도 전혀 모르고, 알려고 들지조차 않는 엄마가 정말 너무하다는 생각이 들었거든. 미친 듯 대들고 싶었어. 왜 이 집에서 나가자고 하는지 한 번쯤은 물어봐야지, 안 그래? 하지만 엄마는 내게 아무것도 궁금해하지 않았어. 오히려 욕만 바글바글 거품처럼 뱉어 냈어. 오색

찬란한 육두문자를 한바탕 앞세우고 나서 엄마가 결론을 내리더라.

"기집애가 등 따습고 배부르니 별 헛소리를 다 하네."

나는 분해서 소리쳤어.

"그 집에서 영어 공부 안 해! 절대, 안 해! "

그러자 엄마가 내 등짝을 고무장갑으로 후려쳤어.

"우리는 뭐 좋아서 지방까지 따라 내려가 돕는 줄 알아? 해! 네가 뭔데 그런 걸 마다해! 복에 겨운 소리 말고 싫어도 해. 밥줄 끊어 놓지 말고 그 집에서 하자는 대로 해. 과외 해 준다고 하면 넙죽 하라고. 어디 눈에 나는 일 하나라도 해 봐, 아주!"

이 세상에는 싫어도 해야 하는 일이 있다, 엄마 잔소리의 주제인 듯했어. 싫어도 공부는 해야 한다, 그런 소리처럼. 그렇지만 이건 조금 다르잖아. 나는 끝내 엄마에게 말할 수 없었어. 어떻게 이야기를 시작해야 할지도 모르겠고, 그 말을 뱉고 나면 생길 수 있는 여파가 얼마나 무서울지 상상조차 되지 않았으니까.

수치심은 지워지지 않는 얼룩 같은 거래. 청결 강박이 있는 엄마에게 내가 수치로 남으면 정말 치명적이잖아. 무서웠어. 그래서 더욱더 입을 꾹 다물었어.

4장

구원에 대하여

놀이 기구에서 내리기

어릴 때 살던 동네 놀이터에 뺑뺑이라는 놀이 기구가 있었어. 지구본처럼 생겼는데, 그걸 탔다가 남자애들이 무섭게 돌려 대는 바람에 엉엉 울면서 기어 내려왔던 기억이 있어. 내가 표적은 아니었고, 같이 탄 남자애들 두어 명이 서로 장난치느라 그랬던 것 같아. 고래 싸움에 등 터지는 새우 같은 존재였던 건데, 내가 아무리 내려 달라고 악을 써도 그 애들은 노는 데 정신이 팔려서 멈추지 않더라고. 결국 나는 토할 때까지 뺑뺑이를 타야 했지.

그런 놀이 기구에 올라탄 기분이 자꾸 들었어. 내릴 수 없는 놀이 기구. 내려 달라고 소리칠 곳조차 없어서, 꾹 참고 타고 있어야 하는 놀이 기구. 누구에게도 말할 수 없는 이야기라 혼자 견디고 있었는데 점점 힘들어졌어. 어떤 식으로든 나 자신이 용납되지 않아서 나중에는 거울 보는 일마저 싫어지더라고. 현관 거울 앞은 휙 지나치고 욕실에서는 아예 욕조에 걸터앉아 양치질을 했어. 내 얼굴, 꼴도 보기 싫었거든.

그러던 어느 날, 루 오빠와 영화를 보고 나오던 길이었어. 여자 화장실에 줄 서 있는데 누가 뒤에서 어깨를 툭 치며 "나연이니?" 하더라고. 중학교 때 반 친구 따라 성당 여름 캠프에 따라간 적이 있는데, 그곳에서 만난 선생님이었어. 캠프에서 자기소개를 하는데 색깔로 자기 이름을 정해서 소개하라기에 나는 색이 없다 끝까지 버텼더니 그 선생님이 내게 무지개색이라고 이름을 붙여 줬던 기억이 있어. 그때 선생님은 자기를 맑은 주홍색이라 소개해서 다들 주홍 샘이라고 불렀지. 캠프가 끝난 뒤 성당에 나오라고 한두 번 연락이 왔지만 왠지 부담스러워 피했어. 이렇게 다시 만나다니 좀 신기하긴 하더라.

대충 고개를 끄덕여 인사하고 화장실에 들어갔다 나왔는데, 주홍 샘이 화장실 입구에 서 있는 거야. 그러고는 대뜸 김아람을 아느냐고 물으면서, 그 애가 나랑 같은 학교 다니니까 찾아서 자기에게 알려 달래. 꼭 부탁한다면서 자기 폰 번호를 내게 불러 주었어. 얼른 번호를 찍으라고 재촉하기에 엉겁결에 휴대폰에 번호를 찍자 이번에는 통화 버튼을 누르라고 시키더라고. 그래서 졸지에 번호를 튼 사이가 됐어.

그러고는 그 샘을 만났던 사실조차 까맣게 잊었어. 내게는 김아람을 찾을 의지가 전혀 없었거든. 학교에서 누굴 찾아서 전번까지 물어볼 처지가 아니었으니까. 어떤 식으로든 아이들에게 빌미 잡힐 일은 하지 않는 게 신상에 이로우니까. 그런데 며칠 뒤 주홍 샘이 직접 전화를 했더라고. 못 보던 번호라 무심코 받았는데 그 샘이었어. 순간 '찾아보니 학교에 그런 아이는 없다고 거짓말을 해야 하나.' 망설이고 있는데 주홍 샘이 학교 앞 패스트푸드점에서 잠깐 만나자는 거야. 샘은 우리 학교에 대해 자세히 알고 있더라고. 학교 위치, 수업 시간, 심지어 학교 행사 일정까지. 덕분에 달리 둘러댈 말이 없어 어영부영 주홍 샘과 만나게 됐어.

얼굴을 푹 숙이고 음료수 빨대에 입을 대는 순간까지도 '대체 내가 왜 여기 나온 거야?' 하며 나 자신에게 짜증을 내고 있었어. 보나 마나 성당에 나오라며 전도할 게 뻔한데, 그걸 거절하지 못하고 이렇게 마주 앉아 있는 나 자신이 답답했거든. 그런데 주홍 샘의 첫마디가 너무 뜻밖이라서 고개를 들었어.

"나 솔직하게 고백할게. 용서해 주라. 사실 김아람이라는 애는 없어. 가상의 인물이지. 연이 너랑 다시 만날 수 있는 연결고리를 찾다 보니 거짓말하게 됐어. 이 방법이 아니면 너를 만날 수가 없잖아? 미안해, 이해해 줘."

솔직, 고백, 용서, 이해…… 이런 단어들은 책에서나 봐 왔어. 누가 나한테, 그것도 어른이 나한테 그렇게 말한 적은 더더욱 없어서 나도 모르게 고개를 끄덕였어.

"그럼 다음 이야기도 솔직 모드로 말할게. 너를 만나자고 한 이유는…… 어쩌면 너한테 내 도움이 필요할 수도 있겠다는 생각이 들어서야."

"네?"

"이를테면…… 나는 아는데 너는 미처 모르고 있는 것. 그래서 네 눈에는 보이지 않지만 나에겐 보일 수 있는 것. 예를 들면, 내가 너보다 키가 크니까 높은 데 놓인 위험한 물건을 난 볼 수 있고 넌 못 보는 거지. 그래서 네가 별생각 없이 벌떡 일어나려고 할 때 내가 '잠깐! 위험해!' 이렇게 이야기해 줄 수 있잖아? 연이 네가 괜찮다면 그 얘기를 하고 싶어서."

'그 얘기'가 무엇이든 나를 위해 애써 저렇게 우회적으로 표현해 주는 어른이 있다는 것만으로도 인상 깊었어. 간곡함과 조심스러움이 묻어나는 얼굴 표정도. 주홍 샘이 나에게 노크하고 있는 거잖아. '똑똑! 들어가도 될까?' 이렇게 말이야.

이 집으로 이사 온 첫날 느껴 본 그 노크의 매력. 사정거리 안으로 불쑥 치밀고 들어오지 않는, 타인에 대한 예의가 있는 노크. 나에게는 노크가 있는 삶이 정말 절실했거든. 화가 난다고 자기 분노를 제멋대로 즉흥적으로 배설하듯 남에게 쏟아붓는 사람들. 심지어 상대가 약자일 경우에는 그들의 생존을 위협하는 일까지도 서슴지 않는 사람들. 자기 잇속을 위해서라면 상대는 아랑곳 않고 문을 벌컥벌컥 열어 대는 사람들. 난 그런 사람들한테 지쳐 있었어. 그래서 주홍 샘의 이야기에 집중했어.

주홍 샘은 영화관에서 내 바로 뒷자리에 앉아 있었대. 아마 한눈에 보기에도 루 오빠와 내가 예사롭지 않았나 봐. 사실 오빠는 영화를 보면서도 나한테 몸을 기대고 내 뺨에 얼굴을 비벼 댔거든. 샘은 그 모습을 뒤에서 지켜보며 영화를 보는 내내 신경이 쓰였는데, 마침 화장실에서 나와 마주치고 아는 학생이라 놀란 거야. 그래서 기지를 발휘해 내 번호를 알아내고 오늘 이 자리를 마련한 거래. 사실 캠프 때 무채색이라고 끝까지 우기는 내가 마음에 남았던 터라 용기를 냈다고 그랬어.

하지만 주홍 샘이 아무리 사정거리 밖에서 노크한다 해도 나는 쉽게 문을 열 만한 처지가 아니잖아. 샘 표현대로 예사롭지 않아 보이는 관계의 이야기를 예사롭게 할 수는 없으니까. 한편으로는 나에게 노크해 준 고마운 분이라서, 그래서 더더욱 내 상황을 털어놓기 힘든 아이러니도 있었어. 고마워서 실망시키고 싶지 않은 그런 마음 말이야. 주홍 샘에게는 그냥 예사롭게 살아가는 평범한 학생처럼 보이고 싶었거든.

"사촌 오빠인데 좀 친해요. 아무것도 아니에요."

"연아, 사촌 오빠하고 그런 식으로 친한 건 아무것도 아닌 게 아니야."

"그런…… 식이라뇨?"

갑자기 빈정이 상하더라고. 주홍 샘과의 만남을 최대한 좋은 그림으로 끝내고 싶었는데, 그 한마디 안에 나를 비난하는 말들이 구더기처럼 들끓고 있는 것 같더라.

"사촌 오빠가 너를 그렇게 만지고 쓰다듬고 그래서는 안 된다는 얘기야."

"우린 위아래 한집에 살아서 친하다니까요?"

"설사 네가 오빠와 너무 친해서 괜찮다고 해도 그게 과연 자연스러운 모습일까?"

"아니…… 암튼, 됐어요."

도망치고 싶어졌어. 변죽을 울리며 나에게 한 발 한 발 다가서는 주홍 샘. 마치 빨간 펜을 들고 채점하듯이 '이것도 아니고 저것도 아니고' 그렇게 하나하나 지워 가다 보면 내 모든 것이 드러날지도 모르잖아. 내 밑바닥까지 전부 다.

"연아, 아까도 말했듯이 넌 모를 수 있어. 그건 절대 네 잘못이 아니야. 우리 편하게 이야기해 보지 않을래?"

사실 그동안 죽을 만큼 답답했어. 누구에게든 다 털어놓고 싶은 마음이 정말 간절했지. 하지만 아무리 둘러봐도 말할 데라곤 전혀 없고 말할 만한 내용도 아니라서, "임금님 귀는 당나귀 귀!"라고 외친 사람처럼 우물 속에라도 털어 내고 싶을 지경이었거든. 아니, 우물에 대고 말해도 바람을 타고 떠돌아다닌다니 그것마저도 안전하지 않잖아? 그러니 나 혼자 삭히는 것 말고는 아무 방법이 없었어.

루 오빠와의 일은 나만의 일도 아닌 데다 솔직히 말해 어른들이 문제를 해결하는 방식이 마음에 들지 않았으니까. 학교에서도 문제가 생기면 선생님들은 일 처리를 효율적으로 해야 한다는 데 온 정신이 팔려 있어. 그래서 가해자든 피해자든 그들의 처지나 내밀한 부분에 대해서는 아무런 배려가 없더라고. 우회적으로 이야기한다든가 조심해서 물어본다든가 하는 그런 배려는 일절 없었어. 들들 뒤지고 털어서 가감 없이 다 알아내는 경우가 많았으니까.

전에, 반 아이들이 나를 왕따 시킨다는 이야기를 아주 조심스럽게 담임 샘에게 털어놓은 적이 있었어. 결과가 어땠는지 알아? 대번에 그날 종례 시간에 아이들을 일렬로 세워 놓고 "너네, 얘 왕따 시켰어, 안 시켰어?" 묻더라고. 그러고는 바로 그 자리에서 나한테 "애들이 아니라는데? 너 왜 그래? 혹시 피해 의식 아냐?" 하고 말했어. 더 가관인 건 마지막 말이었지. 교실을 나가려다 말고 내 등 뒤에 대고 "네 생각만 하고 이렇게 꼰지르는 건 좋은 습관 아니다. 신중하게 행동하자." 이러더라고. 그 뒤로 나는 더욱 골이 깊고 은밀한 왕따를 당했지.

팽팽하게 당겨진 고무줄 끝을 아이들이 양 끝에서 잡고 있는 줄 뻔히 알면서도, 한가운데를 가위로 뚝 끊어 버리는 것과 같았어. 잘라져 튕긴 고무줄에 맞은 아이들이 내게 보복할 거라는 생각은 전혀 못 하는 거지. 나는 고무줄에도 맞고 아이들에게 2차 보복도 당하고 담임 샘한테 비난까지 받는, 삼중고를 겪었어. 그 뒤로는 어느 누구와도 섣불리 내 처지를 의논할 수 없었어.

물론 주홍 샘은 좀 다를 것 같긴 했어. 그래도 확신 없이 불구덩이에 뛰어들 수는 없잖아. 나는 입 닫고 귀 막고 눈의 초점을 최대한 흐리면서 시간이 지나가기를 기다렸어. 주홍 샘 자리 뒤 벽에 붙은 먹음직스러운 햄버거 사진만 바라봤지. 그래, 샘이 지쳐서 나가떨어지기를 기다린 거야. 그런데 샘은 전혀 조급해하지 않고 이런저런 이야기를 늘어놓더라.

"내가 어릴 적에 말이야. 초등학교도 들어가기 전인데, 그때 우리 가족이 시장통에 살았거든. 옆 가게에 살던 어떤 오빠가 나한테 기린 놀이를 하자면서 목말을 태워 주는 거야. 그러고는 시장 근처를 한 바퀴 돌다 말고 어느 가게 창고 앞에 섰어. 그 오빠가 나더러 꼭대기 선반에 달린 환기구 속으로 손을 넣어 그 안의 걸 꺼내 던지라고 시키더라고. '기린아, 보이니?' 그래서 내가 '네' 하면 오빠가 '멀리 던져 봐라' 이런 식으로 말이지. 난 선반 안에 있는 걸 집어서 반대편 공터로 공깃돌 던지듯 힘껏 내던졌지. 재밌잖아? 목말을 타고 높은 곳에 올라 세상을 내려다볼 수 있고 뭔가를 내던지기까지 하고. 게다가 그러고 나면 오빠가 붕어빵이랑 사이다도 사 줬거든. 하도 신이 나서 그 놀이를 서너 번쯤 더 했나 봐. 그런데 나중에 보니 그게 도둑질이었어. 무슨 약품 재료였다는데 그런 식으로 빼돌려 판 거지. 난 멋모르고 그 일을 도운 셈이고."

주홍 샘의 이야기를 듣고 있자니 더더욱 입을 못 떼겠더라고. 난 어린 시절의 주홍 샘처럼 아무 영문도 모른 채 어깨 위에 올라앉은 순진무구한 어린이만은 아닌 것 같아서 말이야. 그런데 샘의 이야기 끝에 얼핏 내 귀를 자극하는 표현이 있었어. '그루밍 수법'이라는 말이 나오길래 나도 모르게 아는 척을 했지.

"그루밍 토크요? 그거 털 고르기 말하는 거죠?"

"그루밍이라는 단어에는 '다듬다' '길들이다' 그런 뜻도 있지."

"근데…… 그게 무슨 수법이라고요?"

"사람은 대부분 상대가 좋아지면 판단 능력을 잃기가 쉽거든. 그런 심리를 이용하는 거야. 일단 친해지고 도와주면서 자연스레 상대를 길들이고는 교묘하게 성적으로 학대하는 걸 그루밍 수법이라고 해. 주로 어린이와 청소년에게 행해지고."

그루밍, 이라는 단어에 '수법'이라는 어감이 좋지 않은 말이 붙기도 한다니. 루 오빠는 왜 굳이 그런 말을 내게 썼을까.

"근데 그거 말고 털 고르기는 나쁜 게 아니잖아요? 사람들이 하는 그루밍 토크는 서로 토닥토닥 해 주는 거니까요."

"그럼. 그것과는 완전히 달라. 그루밍 수법은 상대에 대한 배려인 양, 사랑인 양 속이면서 심리적으로 지배해서 원치 않는 일을 시키거든. 특히 미성년자에게 강요하는 건 범죄야. 아직 성적 결정권이 없는 아이들이니까."

그 말을 들으며 마음속으로 고개를 내저었어. 난 절대 루 오빠가 의도적으로 시작했으리라고는 생각하지 않았거든. 안 좋은 방식이 내 경우와 같다고 해서 바로 그게 이거라고 뒤집어 씌우는 건 나쁘니까. 그루밍 수법과 그루밍 토크는 어쩌다 앞머리만 같은 말을 쓰게 됐을 뿐이라고, 내 경우는 그게 아니라고 생각했어. 그러니 더는 말을 말자 싶었지만, 주홍 샘은 내 눈을 들여다보며 루 오빠와의 일을 또 물어봤어.

"루 오빠는 나쁜 사람이 아니에요. 저를 도와줬고요."

"물론이야. 처음부터 끝까지 다 나쁜 사람은 없어. 하지만 나쁜 행동을 하는 부분은 잡아 줘야 하거든. 연이 네가 오빠에게 의지하다 보니 네 눈에 보이지 않는 일이 있을 수 있어. 근데 그걸 그냥 받아들이면 원치 않는 길로 자꾸만 가는 거야. 스톡홀름 증후군이라는 말이 있어. 자기를 인질로 삼은 인질범에게 긍정적 감정을 품게 되는 현상인데, 인질범이 강요해서가 아니라 자기가 무력한 존재로 잡혀 있는 것만은 아니라고 믿고 싶어서 심리적으로 동조하는 거래. 그러다 보니 인질범을 돕기도 하지. 피해자가 가해자와 같아지는 거야. 그러니 누군가는 멈춰야 해. 그러지 않으면…….”

그때 내가 샘의 말을 가로막았어. 아니, 나도 모르게 입 밖으로 말이 터져 나왔어.

“저도 이젠…… 그만하고 싶어요.”

원치 않는 길로 자꾸만 가게 된다는 샘의 이야기를 듣는 순간, 나도 모르게 그만하고 싶다는 말이 나왔어. 장마철 하늘에 구멍이라도 뚫린 듯 쏟아지는 빗줄기처럼, 나는 내 이야기를 쏟아 냈어. 마음속 어두운 방에 들어 있는 비밀을 하나둘 꺼내 놓은 거야. 뺑글뺑글 돌아가는 놀이 기구를 누군가는 멈춰 줘야 하잖아. 그래야 내가 내릴 수 있을 테니까.

주홍 샘은 내게 일어난 일들을 다시 하나하나 짚어 가면서 오답 체크 하듯이 말해 줬어. 나는 루 오빠의 그루밍 수법대로 성폭력을 당한 피해자라고. 오빠는 자신의 욕구를 채우기 위해 내 약점을 잡고 도와주는 척하면서 나를 노예로 삼은 거라고.

그게 사실이라고 주홍 샘은 힘주어 말했지만, 솔직히 그게 아닐지도 모른다는 생각도 조금 남아 있었어. 둘 사이의 일은 둘만 아는 법인데…… 하는 속내를 살짝 내비치자, 주홍 샘은 고개를 저었어. 내가 루 오빠에게 세뇌당해서 합리화하는 거라고 말이지. 미성년은 성적 결정권이 없으므로 무조건 보호받아야 하는데, 성인이 그런 행위를 한 건 어떤 이유에서도 용납될 수 없는 범죄라고.

나도 어린 날의 주홍 샘처럼, 루 오빠 어깨 위에 목말을 탄 채로 그 재미에 홀딱 빠져 있었던 걸까? 정말 무슨 일이 벌어졌는지 아무것도 모르고 있었던 걸까? 심각한 회의가 들었지만 집에 들어가는 길목에서 오빠네 이 층 불빛을 보자 주홍 샘을 만난 일이 후회되었어. 왠지 내 인생의 대문 앞에 주홍 샘이 빨간 펜으로 엑스 표를 크게 그린 것만 같았어. 지워지지 않는 엑스 표. 나만 입 다물고 있었더라면…… 그러면 없던 일로 끝날 수도 있는데 괜한 일을 벌였다는 자책감이 들었어.

그날 밤, 하얀 스티로폼 부표가 물에 생경하게 떠 있는 꿈을 꿨어. 그러자 후회의 감정이 더욱 선명해져 가슴이 저릿저릿해질 정도였어. 아무리 힘껏 내리눌러도 물속으로 절대 들어가지 않는, 존재감 강한 스티로폼 부표 말이야.

학교 밖 아이

그런 방법은 없을까? 발을 적시지 않고 강을 건널 수 있는 방법 말이야. 주삿바늘로 찌르지 않고도 우리 몸에 좋은 약을 넣을 수 있는 방법은 있다던데? 그러니까 난 힘든 시간을 겪지 않고 우회적으로 부드럽고 자연스럽게 이 일을 끝낼 수 있는 법을 찾고 싶었어.

그래, 전쟁을 치르지 않고 평화를 찾는 법을 난 원해. 아무도 다치지 않고, 내가 살고 있는 안락한 집에 머물면서 큰집과의 관계도 깨지 않고, 그냥 그루밍 토크만 끝내는 방법. 이제 더는 루 오빠와 서로 마주 보고 털 고르기 하는 일 없이 진짜 사촌 사이로만 지내는 그런 시간이 왔으면 좋겠다고. 그런 방법은 없겠느냐고 물었어.

주홍 샘은 자기는 마술사가 아니어서 그런 일이 가능하지 않다고 말했어. 설사 마술사라 해도 그런 일은 할 수도 없고, 또 해서도 안 된다고. 주홍 샘의 고른 치열과 유난히 하얀 이가 약간 위협적으로 느껴질 만큼 단호하게 말했어. 깨끗이 치유하려면 환부를 도려내야 하고 환부를 도려내려면 수술을 해야 하는데 아프지 않은 수술이 어디 있겠느냐면서. 그래야 앞으로는 아프지 않을 테니까. 힘들더라도 일정 시간은 반드시 생산적인 고통을 치러야 한다더라고. 또 그런 시간을 겪어야 정신적으로도 성장하고 교훈을 얻는다고.

주홍 샘이 말했어. 잘못한 사람은 마땅히 벌을 받아야 한다고. 그러니 루 오빠를 고발해야 한다고. 그러기 위해서는 어른들에게 말해야 한대.

"아동청소년보호법에 따라 신고 의무 교육을 받은 사람은 이런 사실을 알게 되면 원래 24시간 이내에 경찰에 고발하게 되어 있지만, 난 신고 의무자가 아니야. 그리고 피해자와 가해자가 한집에 살고 있어서 바로 격리할 수 없는 상황이니 섣불리 일을 터뜨리는 것도 좋은 방법은 아닌 것 같아. 그러니 연이 네가 선택해야 해. 그게 이 악순환에서 벗어나는 최선이야. 어렵지 않아. 있었던 사실만 말하면 돼."

이야기를 듣는 내내 손끝이 떨렸어. 주홍 샘이 말하는 방법

하나하나가 나한테는 불길 속으로 뛰어들라는 소리처럼 들렸거든. 있었던 사실을 다 얘기하면…… 내가 악순환의 뺑뺑이 기구에서 내리기도 전에 불길 속에서 타 죽어 버릴지 모르는데.

"연아, 이솝 우화에서 개미는 배가 고파 힘들어하는 베짱이를 보고 비웃잖아? 그건 당연한 거야. 우리가 불의에 아무런 분노도 못 느낀다면 부정행위는 바로잡을 수 없어. 그러니 응당 대가를 치러야 해. 이 세상이 원칙 없이 제멋대로 돌아간다면 혼란스러워질 테니까. 공정한 세상을 만들기 위해서라도 대가를 치르게 해야 해. 힘들더라도 네가 하는 그 일이 옳은 세상을 만드는 벽돌이 될 거야."

옳은 세상을 만드는 벽돌이라니? 너무 거창해서 공감은커녕 화가 날 지경이었어. 공정한 세상을 만들기 위해 쌓는 돌무더기에 내 것까지 얹기 위해 그 힘든 일을 하고 싶지는 않았어. 가만히 앉아 있기만 해도 무섭고 힘든데, 공정하고 바른 세상 만드는 데까지 힘을 얹으라고 말하지 않았으면 했어. 주홍 샘도 다른 어른들처럼 원칙대로 해야 한다더라. 그게 방법이고 정답이라고 목청을 높였어. '자, 화살표 방향으로만 걸으라고!' 이렇게.

결국 이 일도 정답 맞히기를 해야 하나? 나는 상처받고 싶지 않은데……. 내 목표는 그저 악순환의 고리를 끊고 어떤 상처도 보태지 않은 채 말끔히 끝내는 거였어. 그렇기 때문에 부모님에게 말할 수 없다고 솔직하게 얘기했어. 내 말에 주홍 샘은 난색을 표했어. 내가 미성년자라 부모님 동의 없이는 아무런 법적인 행동을 취할 수 없다고 했어.

"형사 재판을 받게 하는 방식 말고 다른 방법은 없는 건가요?"

"안타깝게도 그런 법의 형식이 아니라면, 가해자는 자신의 죄를 절대 인정하지 않을 거야. 단순히 인정하지 않을 뿐 아니라 어쩌면 너에게 모든 죄를 덮어씌워서 네가 2차 피해를 입을 수도 있고. 그러니 법의 보호 안에서 분명하게 매듭을 지을 필요가 있어."

나 같은 아이를 위한 의학적·심리적 진단과 평가, 치료, 사건 조사 등을 도와주는 해바라기센터 같은 곳에서 얼마든지 도움받을 수 있다더라. 안으로 감춰 두면 이 문제는 계속 썩게 된대. 더군다나 상대가 친척이기 때문에 가족 안에서 이 일이 은폐되면 문제는 더 심각해질 수도 있다면서.

"그러니까 싸워서 이겨야 해."

"전 정말이지 싸우고 싶지도 않고 이기고 싶지도 않아요. 누굴 이겨야 하는데요? 루 오빠를요? 벌을 주는 게 이기는 건가요?"

"지금 당장을 생각할 게 아니야. 이 사건이 네 인생에 어떤 영향을 줄지 생각하고 큰 그림으로 본다면 싸워서라도 바로잡아야 해. 우리 과거는 그냥 지나가면서 사라지는 게 아니거든. 그건, 우리 삶에 스며드는 거야. 흔적이 남는 거지. 다시 말하지만 이건 누구를 벌주려는 게 목적이 아니야. 궁극적으로 너 자신을 치유하기 위한 거야."

주홍 샘 말이 맞을지도 몰라. 난 큰 그림을 볼 줄 모르니까. 게다가 이미 세뇌당해서 올바른 판단이 불가능한 상태라니까. 그리고 과거의 흔적이라는 말도 무서웠어. 하지만 이 일의 중심에 내가 있는데, '넌 피해자이고 미성년자이고 보호받아야 하니까 어른들이 하는 방식대로 따라오라'고 하는 건 무리가 있어 보였어. 아니, 난 두려웠어. 그래서 나는 주홍 샘에게 부탁했어. 잠깐만 시간을 달라고. 왜냐하면 어지러운 놀이 기구에서 내려 또 다른 방식으로 돌아가는 기구에 올라타고 싶지는 않았거든. 예전 담임 샘처럼 아이들을 불러 모아 사실 확인을 하는 방식이 될지도 모르잖아?

실은 또 한 가지 중요한 사실 때문에 나는 멈칫할 수밖에 없었어. 우리 아빠가 큰집 물건을 훔쳐서 팔아먹었다는 사실을 루오빠가 알고 있잖아. 그것 때문에라도 이 문제를 섣불리 드러낼 수 없다는 이야기를 주홍 샘에게 해야 할지 고민됐어. 또 나에게 그런 일이 있었다는 걸 청결 강박증이 있는 우리 엄마가 알게 되면 나를 더러워할지 모른다는 걱정도 주홍 샘에 말해야 할지 말지, 아직 정하지 못했고.

뭐, 엄마 얘기는 해도 되겠지만 아빠 얘기를 잘못 말했다간 정말 큰일 날 수 있잖아. 아빠가 경찰에 잡혀갈 수도 있고 우리 가족이 살 곳을 잃을 수도 있는 문제라서. 그렇게 따지면 어쩌면 애초부터 주홍 샘에게 이야기를 꺼내서는 안 되는 문제였는데……. 뒤늦게야 내가 좀 어리석었다는 생각이 들더라. 잘못하면 가족을 위험에 빠지게 할 수도 있는 문제인데 말이야.

그 일은 마음에 묻어 둔 채 휴화산을 바라보듯 조마조마한 심정으로 지내던 어느 날, 이상한 곳에서 일이 터졌어. 식구들과 늦은 저녁을 먹는데 식탁에 놓아 둔 내 휴대폰이 진동으로 요동쳤어. 힐끗 보니 루 오빠였어. 조용히 폰을 뒤집어 놨지. 주홍 샘을 만난 뒤로는 루 오빠 전화를 일절 받지 않고 있었거든. 그러자 이번에는 엄마 폰이 울렸어. 엄마는 무심하게 전화를 받은 뒤 "루카스가 너 찾는다."라며 내게 휴대폰을 건넸어. 엄마 아빠가 이상하게 생각할까 봐 마지못해 받았는데, 모르는 여자애 목소리가 들렸어.

"연아, 너 왜 안 나와?"

"응? 누구……?"

"나 시아야. 루 오빠랑 여기 전철역 앞. 야, 빨리 나와!"

"시아?"

내가 어리둥절해하고 있는데 전화 속 목소리가 급하게 이어 말했어.

"아, 아니다. 내가 너네 집으로 갈게."

그러고는 전화를 끊기 직전에 누구에게 말하는 소리가 설핏 들렸어.

"연이가 자기 집으로 오래요."

그러고는 십 분도 안 되어 안채 쪽에서 누가 나를 부르더라. 밖에 나가 보니 큰엄마 큰아빠와 루 오빠 그리고 웬 여자애가 서 있었어. 여자애는 나를 보자마자 후닥닥 내 옆으로 와서는 팔짱을 꼈어. 뭔가 이상한 일에 내가 동원되고 있음을 본능적으로 직감했어. 나는 팔을 붙들린 채 가만히 서 있었지. 큰엄마 큰아빠가 나와 여자애를 쏘아보듯 바라보는 게 느껴졌거든.

한눈에도 그 애는 단정해 보이지 않았어. 어른들 눈에 거슬리기로 작정하고 차려입은 옷차림이랄까? 찢어진 청바지에 카키색 점퍼 그리고 그 안에 겹쳐 입은 티셔츠는 원래 구멍이 나 있는 옷인가 본데 사이사이로 타투가 보이더라. 바지 벨트에는 정체불명의 체인이 늘어져 있어서 그 애가 움직일 때마다 쇳소리가 달그락거렸어. 잦은 염색 탓인지 갈색 머리끝이 지푸라기처럼 갈라져 있었지만 얼굴은 앳되어 보였어. 틀림없이 나보다 어릴 것 같았어. 진한 립스틱을 발랐는데 그게 오히려 어린 티를 도드라지게 하더라.

내가 보고 있는 걸 큰엄마도 보고 있었어. 큰엄마 시선이 그 애를 위아래로 계속 훑었거든. 민망할 정도로 노골적인 시선이었지. 그 애는 보란 듯이 내 팔을 잡아당기며 "가자!" 이러더라. 나도 가시방석 같은 자리를 피하기 위해 그 애를 데리고 서둘러 집으로 들어왔지. 방 안에 들어오더니 그 애는 마치 내 진짜 친구라도 되는 것처럼 침대 위로 몸을 던지더라.

"아, 짜증 나! 열라 재수 없어! 꼰대를 달고 와?"

물론 나를 향한 말이 아니라는 것쯤은 알지만, 내 침대에서 발까지 구르면서 짜증 내는 그 애를 보고 있자니 나도 편치는 않았어. 그 애는 한두 번 "재수 없어!"를 반복하며 투덜대다가 나를 힐끗 보며 말했어.

"너 말고."

그러고는 혼잣말로 구시렁대며 "아 씨, 이럴 줄 알았으면 돈부터 챙기는 건데." 이러면서 어디로 전화를 걸더니 또다시 중얼거렸어.

"씨발, 안 받지. 이런 인간들은 꼬리 끊는 데는 선수라니까. 확 찔러 버려?"

옆에서 듣고 있기에 버거운 이야기를 쉬지 않고 뱉어 냈어.

그러다 책상 옆에 어정쩡하게 서 있는 나를 보고는 "좀 앉지?" 인심 쓰듯 말했어. 의자에 걸터앉아 벽시계를 바라봤어. 시간은 어느새 밤 열 시를 넘어가고 있었어. 친구를 집에 처음 데려온 셈이니 엄마가 주목할 만했는데, 다행히도 엄마 아빠는 내일 새벽 지방에 가야 한다고 일찌감치 안방으로 들어갔거든. 그래도 늦은 시간이라 보내야 할 것 같아서 난 계속 시계를 쳐다봤어. 그러자 그 애가 내게 말했어.

"나 안 가. 갈 데가 없거든. 편하게 입을 옷이나 줘 볼래?"

"근데…… 너…… 누군데?"

난 당연한 수순으로 질문했는데 그 애는 오히려 어이없어하는 표정을 짓더라.

"됐고! 뭘 묻냐? 미루어 짐작이 안 되니?"

무슨 말인지 대충 알 것 같아서 입을 닫았어.

"학교는?" 하려다 생각해 보니 내일은 토요일이더라. 그 뒤로도 적당한 말을 찾지 못하고, 자려고 누웠을 때에야 간신히 그 애에게 할 말이 생각났지.

"너 어느 학교 다녀?"

"안 다녀. 난 학교 밖 아이야."

"뭐?"

의아해하는 내 표정을 보고 그 애가 깔깔대더라고.

"영광인 줄 알아. 너 같은 애가 학교 밖 아이를 만나기가 쉬운 일은 아니잖아? 나는 일명 가출 소녀야. 그냥 조용히 자고서 내일 갈 거니까 더 묻지 말고 그냥 자라. 네 사촌 오빠 때문에 이렇게 됐으니까 원망하려면 그 인간을 원망해."

그 애는 내 침대에, 나는 바닥에 누웠어. 잠을 청하려 어둠 속 까만 천장을 바라보고 있는데 그 애가 나지막이 속삭였어.

"졸라 깜깜하네."

조금 전에 세수하고 나온 그 아이의 얼굴만큼이나 앳된 목소리였어. 사실 화장 지운 그 애 얼굴을 봤을 때는 연민이 훅 치밀었어. 짐작건대 중학생 정도 나이일 게 분명했어. 내가 빌려준 토끼 그림의 수면 잠옷을 입은 그 애를 봤을 땐 뭔가 가슴을 옥죄는 것 같았어. '저 얼굴로 학교 밖 거리를 헤매고 다니겠구나. 그래서 얼굴을 화장품으로 떡칠하고 쇠줄도 달았나 보네.' 싶었거든.

"여기가 지하라 그래."

"아무리 그래도 그렇지."

"무섭니? 그럼 스탠드 켜 줄까?"

아무 대답이 없길래 휴대폰 충전기용 라이트라도 켜 주려고 몸을 일으키는데 그 애가 "아냐. 불 켜지 마!"라고 소리쳤어. 목소리가 젖어 있었던 것 같았어. 잠시 무거운 정적이 흐른 뒤에 그 애가 몸을 뒤척이며 혼잣말을 했어.

"씨발, 이까짓 어둠을 무서워하겠냐?"

그 말을 들으니 알겠더라, 무서운 게 많은 아이라는 것을. 이름은 시아라고 했는데, 그럼 성이 뭐냐고 또 묻고 싶었지만 내 목울대가 뻐근해 오는 것 같아 아무 말도 못 했어. 대신 휴대폰 충전기용 라이트를 켜 놨어. 문득 성냥팔이 소녀가 떠오른 건 왜였을까.

입장 차이

새벽녘 엄마 아빠가 나가는 현관문 소리에 잠시 깼어. 그러다 다시 잠들었는데 어디서 훌쩍이는 소리가 잠결에 들려오는 거야. 습관처럼 팔을 뻗어 휴대폰으로 시간을 보려다가, 시아가 민망할까 봐 가만히 자는 척했어. 숨어 우는 기분이 어떤지 누구보다 잘 아니까. 시아의 흐느낌은 점점 잦아지더니 급기야 소리도 커졌어. 슬픔으로 어쩌지 못하겠는지 몸부림치며 벽을 몇 번 차기도 했어. 혹시 어디가 아픈 게 아닐까 걱정이 되더라.

"괜찮아?"

내 말에 시아는 소리 높여 울기 시작했어. "으앙!" 하고. 정말 아기들 울음소리로 발을 구르며 울어 댔지. 삶의 이면을 알아 버린 자의 눅진한 슬픔이 내는 울음소리가 아니라, 아무것도 모르는 천진난만한 울음소리. 난 지금까지 저렇게 울어 본 적이 한 번도 없었던 것 같아. 팔다리를 내저으며 화끈하게 실컷 울어 보고 싶다는 생각이 처음으로 들더라. 슬픔도 참으면 독이 된다던데, 어느 대목에서 슬퍼해야 하는지조차 모르고 속으로만 참아 내는 사람이 나인 것 같았어.

왜 우는지 시아에게 차마 묻지 못한 채 한참을 그렇게 있었어. 가만히 누워 머릿속만 달그락거리며. 시아는 한참을 울다 그치고는 무심히 말했어.

"배고파."

시아랑 마주 앉아 라면을 먹었어. 열심히 젓가락질하면서 맛있게 먹고 있는데도 시아는 왠지 먹는 일이 정말 서툴러 보였어. 아마 왼손잡이여서 그렇게 보였나 봐. 게다가 먹는 도중 사이사이 어금니 쪽을 눌러 보는 게, 치아에 문제가 있는 게 아닌가 싶었어. 학교 밖 아이라면서 먹는 데 저렇게 서투르면 어쩌나 하는 걱정스러움에 본의 아니게 그 애를 살피다가 눈이 마주쳤는데, 순간 너무 당황스러웠어. 한바탕 울고 나서 세수까지 해서인지 시아 얼굴이 아주 해맑더라고. 콧등 위를 지나가는 파란 핏줄이 보이고 눈꼬리는 약간 처져서 순해 보이는 인상에 왼쪽 입가에는 잠깐씩 모습을 드러내는 보조개가 있었어.

"집이 어디야?"

"집 없어."

"집 없는 사람도 있어? 어딘가에는 있겠지."

"야! 집이 어딘 게 뭐가 중요해? 살고 있어야 집이지. 안 사는데 집이 집이야? 학교 밖 청소년 지원 센터를 가도 다들 똑같은 말만 해. 녹음기 켜 놓은 것처럼. 집이 어디냐면서 학교나 집으로만 가래. 웃겨! 갈 수 있으면 왜 나왔겠어? 나한테 맞는 지원이 아니라 지원 센터에 맞춰 지원하니, 젠장! 지원받을 게 있겠어?"

시아가 하는 말에 구구절절 수긍이 가서 고개를 끄덕였어.

"어. 그래, 그렇구나."

"그러니까 앞으로 누구한테든 집 같은 건 묻지도 마! 근데 너 원래 이런 캐릭터야?"

"어?"

"톡 까놓고 얘기하자면, 너 나한테 궁금한 거 많잖아? 어이없이 너네 집에 훅 쳐들어온 거잖아. 내가 왜 너네 사촌오빠랑 왔는지, 언제 갈지, 아까는 왜 울었는지. 왜 자기 궁금한 걸 입도 못 떼고 남한테 맞추느라 기를 쓰냐? 너 바보냐? 지원 센터도 자기네 하고 싶은 것만 하는 마당에."

맞아, 궁금했어. 근데 왠지 좋은 이야기가 아닐 것 같아서 입을 못 떼고 있었어. 루 오빠와 시아의 연결 고리가 바람직한 일일 리 없잖아? 사실 그 정도는 짐작 가능하니까. 게다가 어제 큰엄마의 눈빛이 말하는 바도 있었고. 언제 갈지는 "당장 나가!"라는 말처럼 들릴까 봐 못 물어봤고. 또 왜 울었는지 물어보면 아픈 사연이 줄줄 나올 것 같아서 내가 감당하기 힘들까 봐. 사실 나도 나름 나에게 필요한 일을 하고 있었던 거야. 이렇게 혼자서 속으로 열심히 변명하고 있는데 시아가 욕실로 들어가면서 중얼거렸어.

"어휴, 찌질이! 주먹이 오면 피해야지. 그러니 당했지!"

끝말을 흐릴 때 분명히 "당했지!"라고 했는데 그냥 못 들은 척했어. 그때 갑자기 현관문이 벌컥 열렸어. 분명 잠겨 있었을 텐데 버튼 누르는 소리도 없이 열린 걸 보면 카드 키로 연 게 분명해. '쿵쿵쿵' 지축을 울리는 듯한 발소리. 큰엄마였어. 쿵쿵쿵 소리가 난 건 큰엄마가 점령군처럼 신발을 신은 채 안으로 들어와서였어. 갑자기 무슨 일인지 놀라서 멍하니 바라보고 있는데, 더 놀라운 일이 일어났어. 큰엄마가 다짜고짜 내 머리채를 잡았어.

"아! 아아!"

비명 지르는 나를 아랑곳 않고 큰엄마가 머리채를 잡은 채로 나를 일으켜 세웠는데 그때 욕실에서 시아가 나왔어. 큰엄마는 멈칫하더니 시아에게 "너, 나가 있어!"라고 명령했어. 너무 놀라 입이 벌어진 채 얼어붙어 있는 나와 달리 시아는 전혀 놀랍지 않다는 듯, 아니면 일부러 큰엄마를 애먹일 작정인 것처럼 현관에 앉아 한 짝 한 짝 천천히 신발을 신었어. 큰엄마가 "뭐 해!" 찢어지는 소리로 외치자, 시아는 낮은 목소리로 신들거리며 "신발은 신어야 나가죠. 전 집 안에서 신발을 안 신고 있거든요."라고 답했어.

"감히!"

큰엄마가 눈으로 레이저 불빛을 쏘아 대며 나한테 내뱉은 첫마디는 '감히'였어.

"너 뭐야?"

객관식도 아닌데 대체 뭘 대답하라는 건지 모르겠기에 "큰엄마……." 라고 입을 떼자마자 큰엄마는 나를 뒤로 확 밀었어.

"야! 내가 왜 니 큰엄마야? 순진한 척하기는! 너 몰라?"

아! 지금은 그런 호칭이 어울리지 않는다는 걸 내가 깜빡했어. 진짜 큰엄마가 아닌 걸 진작 알았으면서 미련하게 그렇게 부르다니.

"죄송해요."

적절치 못한 표현에 대한 사과였을 뿐인데 큰엄마는 다르게 받아들였나 봐. 나에게 또 레이저를 쏘아 댔어. 이번에는 내 이마를 집게손가락으로 밀어 대면서.

"네, 주제에, 죄송할, 짓을, 해?"

정확히 한 어절에 한 번씩, 다섯 번을 콕콕 찍으면서. 큰엄마의 새빨간 매니큐어 색깔이 내 이마에서 묻어나는 피처럼 보이더라. '대체 왜 이러지?' 머릿속을 빠르게 굴렸지만 무슨 말을 해야 할지는 모르겠더라. 시아 말대로 주먹이 날아오면 방어해야 하는데, 내 몸은 자극에 대한 반응이 더디게 작용하도록 세팅되어 있나 봐. 본능적인 건 아닐 테고 두려움이 길을 막고 있어서 일까?

내가 두려움에 갇혀 아무 반격도 못 하고 눈만 껌뻑대자, 큰엄마는 그것조차도 도전으로 받아들이고는 몸을 부르르 떨며 온갖 말을 한꺼번에 쏟아 냈어.

"뭐? 경찰에 찔러? 어린 게 발칙하게, 요물단지처럼. 뭘 얻고 싶어서 그래? 그게 네 맘대로 호락호락 풀릴 것 같아? 은혜를 이런 식으로 갚아? 네가 다 잃어야 정신을 차리지! 찔러 봐야 너만 손해야. 루는 다칠 게 하나도 없어."

순간, 주홍 샘이 다 터뜨렸는지도 모른다는 생각이 들더라. 어른들이야 부모님 연락처 알아내는 것쯤은 일도 아닐 테니까. 주홍 샘 역시 여느 어른들과 다르지 않아서 끝내 무책임한 가위질을 했다고 생각하니 배신감이 들었어.

"시작은 네가 먼저였잖아, 안 그래?"

무슨 말인지 몰라 "네?" 되물었지만, 큰엄마가 내 말은 무시하고 계속 말했어.

"네가 먼저 야심한 밤마다 남의 집 정원에 와서 얼쩡거리더니 기어코 일을 낸 거잖아! 너 밤에 왜 우리 집 앞을 들락거렸어? 네가 원인 제공자잖아! 피해자는 네가 아니라 우리 루야. 알아? 네가 아니었다면 루가 그럴 리 없다고!"

주홍 샘이 나더러 그랬거든. 어렵지 않다고. 있었던 사실만 이야기하면 된다고. 하지만 주홍 샘의 말은 틀렸어. 내가 겪은 사실을 다른 사람의 입으로 들으니 전혀 다른 스토리가 되어 있었어. 마치 미리 깎아 놓은 사과처럼 변색되었어. 서로 다른 사람들이 각자 이해하고 느낀 대로 또는 필요한 대로 말하면서 이야기는 결국 산으로 가지. 그런데도 사실만 이야기하면 된다고? 난 피해자가 아니라잖아. 그럼 내가 가해자야?

"넌 도망칠 시간이 언제든 있었어. 그런데 도망치지 않았잖아? 처음에 루가 실수했을 때도 루가 가라고 하니까 그제야 갔다며? 그게 피해자가 하는 행동이니? 지 좋아서 해 놓고 이제 와 누구한테 뒤집어씌우려고? 루가 미국에서 공부한 시간이 얼만데? 그동안 걔한테 투자한 돈이 얼마인 줄 알아? 근데 너 따위가 감히 남의 앞날을 망치려고 해? 앙큼한 계집애가, 지도 즐겨

놓고서는. 너, 잘 생각해서 행동해. 이 일이 터지면 넌 무사할 줄 아니? 네 무덤 네가 파는 꼴이야. 아닌 말로, 루가 네 목에 목줄이라도 채워서 끌고 다녔니? 아니잖아. 지가 좋아서 따라다녔으면서! 충분히 거부할 수 있었잖아?”

그래, 거부할 수 있었지만 거부할 수 없는 이유도 있었어. 그렇다고 거부하지 않은 이유가 좋아서는 절대 아니었는데. 큰엄마 말대로 내 무덤 파는 일이 될 수도 있다고 생각하니 겁도 났어. 맞아, 나 또한 자유로울 수 없는 일이 되겠지. 이 일이 노출되면 거침없이 퍼져 나갈 거야, 틀림없이. 수많은 지류를 따라 걷잡을 수 없이 퍼지겠지.

더군다나 성폭력이라는 이름을 달면 방향은 절대 한쪽으로만 흘러가지 않잖아. 언젠가 인터넷 포털에서 어떤 기사 댓글을 봤는데 정말 놀라웠어. 모두가 피해자 편을 들어 주지는 않더라. 물론 가해자는 가해자대로 욕을 먹지만, 피해자에겐 피해자에게 걸맞은 욕이 또 있더라고. ‘그런 일을 당한 피해자’라는 이유만으로 선입견을 품고 이러쿵저러쿵하는 거지. 딱히 악의 있는 선입견이 아니라, 그냥 피할 수 없는 선입견에 빠진 사람들이 피해자를 욕하는 거야. 피할 수 없는 선입견이란 그냥 추론하는 거, 프로파일링 같은 거래. ‘먼저 꼬리를 쳤겠지.’ ‘괜히 그런 일을 당했겠어?’ ‘손바닥도 마주 쳐야 소리가 나거든?’ 등등. 개중에는 피해자와 가해자를 바꿔 말하는 사람도 있어. '그깟 일로 꼭! 그렇게 남의 인생 종 치게 해야 직성이 풀리냐?' 등등.

"너희 선대에서도 우리 집안에 끼어들어 문제를 일으키더니! 이래서 피는 못 속인다는 거야. 협박과 구걸을 잘해서 남의 집에 들어와 편하게 살고 있으면 머리 조아릴 줄도 알고 납작 엎드릴 줄도 알아야 하는데, 또 이런 식으로 협박을 하려 들어? 이젠 어린 것까지! 정말 옛말이 하나도 안 틀리네. 머리 검은 짐승은 집에 들이는 게 아니라더니."

잘은 모르지만 전에 큰집에서 들었던 '배다른 형제', 그 얘기를 하는 것 같았어. 아무리 옛말이고 비유라지만 머리 검은 짐승이라니, 듣기 힘들었어. 그래도 대들지는 않았어. 씩씩대지도 못했어. 큰엄마 말대로 우리는 머리를 조아리고 납작 기어야 하는 처지라는 걸 모르지 않았으니까. 그래도 억울해서, 너무 억울해서 눈물이 뚝뚝 흘러내렸어.

"다시 한번 말하는데, 이 일의 피해자는 네가 아니라 우리 루야. 알았어? 네가 좋아 따라다니면서 이것저것 사 달라 구경시켜 달라 그래 놓고 이제 와 뭘 얻어 보겠다고 법의 잣대 어쩌고저쩌고, 피해자 흉내라니. 어디 문자로 협박질이나 하고, 어? 앞으로 인생을 그렇게 살래? 내 말 이해되니? 알아, 몰라?"

고개 숙인 내게 큰엄마가 종용했어.

"나연, 날 봐. 알아, 몰라?"

어쩜 어른들은 하나같이 똑같을까? 큰엄마는 엄마도 잘 쓰는 표현을 골라 쓰면서 나를 다그쳤어. 어쩔 수 없이 나는 일단 고개를 끄덕였어. '알아, 몰라?'를 계속 듣기 싫었거든. 순순히 고개를 끄덕이는 나를 동정하듯이 큰엄마는 지금까지와는 다르게 부드러운 말투로 말을 이어 가더라.

"물론 너도 억울한 점이 있겠지만, 그거야 입장 차이니까 어쩔 수 없는 일이야."

같은 일을 놓고 저마다 다르게 이야기할 수밖에 없다는 입장 차이. 이 사람 말을 들으면 이 사람이 맞고, 저 사람 말을 들으면 저 사람 말이 맞고. 그래서 영원히 만나지 못하는 철로처럼 늘 평행선을 달릴 수밖에 없다는 입장 차이를, 큰엄마가 이야기하고 있었어. 이 일의 피해자는 루 오빠라고. 하지만 그게 정말 일까? 입장을 바꾸면 내가 피해자인 게 맞잖아? 주홍 샘의 말이 생각나더라. 법의 형식이 아니면 상대가 자신의 잘못을 절대 인정하지 않을 거라고. 그러니 반드시 해야 한다고.

그때 밖에서 시아가 얼굴을 들이밀고 "저 들어가도 돼요?" 하고 물었어. 큰엄마는 대답 없이 못마땅한 표정으로 시아를 째렸어. 그러고는 턱으로 시아를 가리키며 내게 말했어.

"저딴 애들이랑은 어울리지 마라."

그러자 시아가 안으로 들어와서는 눈을 치뜨고 발끈하며 소리쳤어.

"저에 대해 아세요? 말해 드려요? 근데 솔직히 모르시지 않잖아요? 다 알면서도 어제 각본 쓰신 거 아닌가? 제가 여기 왜 왔게요?"

시아의 불손한 태도에 큰엄마가 호통칠까 봐 난 두근거렸는데 웬걸, 오히려 큰엄마가 내빼듯 쏜살같이 나가 버리더라.

시아는 옷을 갈아입으며 떠날 채비를 했어. 방으로 욕실로 왔다 갔다 하며 갈팡질팡하더라. 난 큰엄마 때문에 넋이 나간 터라 시아에게 마음 쓸 여력이 없었지. 마침 엄마한테 전화가 와서 얼마나 떨리던지. 지지한 심부름만 지시하고 끊는 걸로 보아 엄마는 아무것도 모르는 듯했어. 안도의 한숨을 내쉬는데 시아가 나를 툭 치더라. 돌아보니 시아는 어느새 딴사람이 되어 있었어. 화장한 시아는 어젯밤 내 옆에서 잔 아이 같지 않았어. 처음 봤을 때보다 더 화장을 진하게 해서 아예 처음 보는 사람처럼 여겨졌어. 차림 때문인지 말도 더 건들거리고.

"아까 그 재수탱이, 진짜 큰엄마 아니지? 그러니까 넌 아보카도의 사촌도 아닌 거네?"

"아보카도?"

"너네 사촌 오빠라는 작자 챗네임이야. 근데 너 혹시 문자로 협박했어?"

"무슨 협박?"

"나 문밖에서 다 들었어. 그치한테 문자로 협박했다며."

영문을 몰라 눈을 동그랗게 뜨고 고개를 내젓자, 시아는 "헐!" 하고 자기 이마를 한 대 치더니 내 팔을 부여잡았어.

"있지, 그거 내가 쓴 거야. 어제 내가 네 폰 빌려 썼잖아. 아보카도가 내 번호를 차단해서 네 폰으로 문자 보냈는데, 재수탱이가 그걸 보고 착각해서 널 닦달한 거야!"

뭐지? 여러 가지 시나리오가 순식간에 머릿속에 그려졌어. 물론 어디까지나 나만의 추측일 수 있겠지만, 한 가지 확실한 건 시아가 루 오빠한테 협박할 만한 일이 있다는 사실. 심지어 나랑 크게 다르지 않은 내용일 거라는 사실. 그게 제일 충격적이었어. 어렴풋이 짐작했고 큰엄마를 통해서도 다 확인된 사실이지만, 시아의 존재로 인해 모든 게 확실해졌어.

루 오빠의 선의는 의도된 것이었어. 먹이를 포획하기 위해 놓은 덫에 불과한 거지. 인질범이 주는 사탕과 같은 그루밍 수법이었어. 그러니까 큰엄마가 알게 된 모든 사실은 주홍 샘한테 들은 게 아니었어. 간밤에 시아가 보낸 문자를 보고 큰엄마가 하도 닦달하니까 루 오빠는 내가 보낸 문자로 착각해서 큰엄마에게 다 털어놓은 거라는 결론에 다다랐지.

시아는 앞뒤 정황을 간략히 밝혔어. 아무렇지도 않게 자기 자신을 '인간 샌드백'이라고 표현했어. 대신 자기는 돈을 받는다고. 그래서 어제도 돈을 받고 싶어서 문자를 보냈을 뿐이라고.

"난 그냥 골리앗을 이기는 방법을 찾다 보니까 그렇게 겁만 준 거야. 솔직히 그게 아니면 꼼짝이나 하겠어?"

루 오빠와는 이번이 세 번째라고 했어. 처음에는 온라인 채팅방에서 만났는데 얘기도 잘 들어 주고 '토닥토닥'을 잘해 줘서 정말 좋은 사람이구나 싶었대. 그런 마음으로 밖에서 만났더니 결국 자기한테 원하는 게 뻔하더래. 그래서 자연스럽게 '돈 받는 샌드백'이 되었다고. 너무 충격적인 내용이라 얼얼한 표정을 감출 수가 없었어. 그런 나를 보며 시아가 말했어.

"그딴 표정은 집어치워. 나라고 이게 최선이겠냐? 궁지에 몰린 거야. 비빌 언덕이 없는 애들은 때로 안 좋은 사다리라도 갖다 써야 해. 이것 말고는 빠져나갈 길이 없단 말이야, 굶어 죽을 수는 없으니. 암튼 내 얘긴 됐고! 초점은 너야. 까놓고 얘기하자면, 사실은 어제 네 폰 쓰다가 주홍 샘이라는 사람이랑 주고받은 톡을 봤어. 오간 이야기 몇 줄만 봐도 대번에 감이 잡히더라. 난 경험자니까. 그래도 네 문제에 내가 왈가왈부할 생각은 일프로도 없었는데, 나 때문에 네가 머리채를 잡혔으니까 의리상 말하는 거야."

시아가 의리상 해 주겠다는 이야기는 한마디로 "고소는 정답이 아니다!"였어. "이게 결론이야."라는 말을 남기고 한숨을 깊게 푹 내쉰 시아는 도망치듯 부리나케 나갔어. 나는 가만히 앉아서 시아가 사라지고 없는 문을 바라보았어. 시아가 한 이야기가 나와는 아무 상관도 없는 듯이 눈의 초점만 흐린 채 앉아 있었지.

나한테는 그런 시간이 필요했거든. 자극에 바로 반응할 수 있는 기능이 없으니까. 게다가 이미 한 차례 큰엄마에게 가격당한 뒤라 더 그랬고. 어릴 때 발이 닿지 않는 어른용 풀장에 빠졌던 기억이 떠오르더라. 딱 그런 기분이었어, 숨이 턱까지 차도록 버거운 느낌. 목 끝까지 돌멩이가 가득 찬 기분.

그때 문소리가 나더니 시아가 다시 들어왔어. 낡고 해진 스니커스를 벗으려다 안 되니까 손으로 급하게 벗어 아무렇게나 내동댕이치고 들어와 앉더라.

"아, 씨발!"

시아는 어제 내가 어둠 속에서 불을 켜 준 게 생각나서 다시 돌아왔대. 그러고는 학습지 선생님처럼 차근차근 문제 풀이를 하듯 자기 이야기를 꺼냈어. 시아는 초등학교 5학년 때부터 새아빠한테 성폭행을 당했대. 처음에는 껴안고 입을 맞추는 게 그냥 아빠로서의 애정 표현이라고만 생각했대, 새아빠도 아빠니까, 아빠가 되기 위한 노력일 거라고. 하지만 옷 속으로 손이 들어오기 시작하면서 아니라고 느꼈대. 이건 분명 잘못된 것 같다고 생각했지만 그래도 처음에는 참았나 봐.

"나도 다른 애들처럼 괜찮은 아빠를 갖고 싶었걸랑? 그 일만 빼면 크게 나쁠 게 없었으니까. 용돈도 잘 주고 그랬거든."

이 대목에서 나는 시아가 이해되었어. 그게 어떤 마음인지 아주 잘 알거든. 그런데 시간이 가면서 정도가 점점 심해졌나 봐. 시아는 집에 들어가기조차 무서웠지만 차마 엄마한테 말할 수가 없었대. 왜냐하면 친아빠는 엄마를 때렸는데, 새아빠는 때리지 않아서 좋다고 엄마가 말했던 게 마음에 걸려서. 혹시라도 시아가 새아빠에 대해 그런 이야기를 하면 엄마의 행복에 재를 뿌리는 격이 될까 봐. 그게 두려워서 차마 입을 못 뗐나 봐.

그러던 어느 날, 엄마가 뭘 두고 나가서 도로 집에 들어왔다가 그 광경을 보고 만 거야. 시아를 만지고 있는 새아빠를 엄마가 본 거지. 엄마가 분명 봤으니까, 엄마 눈빛이 흔들리는 걸 시아도 봤으니까, 이제 어떻게든 이 일이 끝나겠구나 시아는 안심했대. 그런데 웬걸? 엄마는 전혀 모른 척을 하더래. 며칠 뒤에 엄마가 친구와 통화하는 소리를 우연히 들었는데 "애가 영 칠칠치 못해서 제 몸단속도 못 하니 걱정이야."라며 오히려 시아를 욕하더래. 시아는 그때 절망했나 봐. 엄마가 자기를 구해 줄 수 있으리라고 믿었는데……. 자기가 서 있는 길이 막다른 길일 줄은 정말 몰랐다면서.

“씨발, 학교에 있는데 새아빠가 자꾸 이상한 동영상을 나한테 보내는 거야. 봐 두면 좋다면서, 야한 동영상들을. 그날 진짜 빡쳐서 끝장낼 생각으로 씩씩거리면서 집에 갔거든. 근데 내 동생이 아빠가 오늘 로봇을 사 주기로 했다면서 나한테 자랑하더라고. 기운이 쫙 빠지더라. 내가 이 사실을 터뜨리면 내 동생이 로봇을 못 받겠구나 싶어서 그길로 조용히 집을 나왔어. 그렇게 나와서 임시 시설을 거쳐 센터에 있었지. 처음에는 새아빠가 문자로 잡히면 가만두지 않겠다고 협박했어. 밖에 나와서도 두려움에 달달 떨었지. 그런데 시간이 지나면서 약간 힘이 생기더라. 뭐랄까, 그동안은 쫓기는 쥐처럼 아무 생각도 못 하고 무작정 쫓기기만 했는데 새아빠한테서 벗어나니까 약간의 여유가 생기는 거야. 그러다 시설에 있는 샘들의 이야기를 듣고 새아빠를 고소했지. 새아빠가 잡혀가면 엄마랑 동생이랑 같이 편하게 같이 살 수 있을 거 같았거든. 그런데 너한테 해 주고 싶은 이야기는 지금부터야.”

시아는 한숨을 한번 깊이 내쉬더니 사실은 다시 떠올리기도 싫은 기억이라고 했어. 그 일도 괴로웠지만 뒷일도 더욱 만만치 않았다고.

"샘들이 그러더라. 그런 걸 2차 피해라고 한다며. 버젓한 명칭이 있다는 건 그만큼 흔한 일이라는 뜻이겠지. 경찰 조사 단계에서 성폭행당한 내용을 자세히 쓰라고 해서 썼는데, 이 사람 저 사람 건너다니면서 또 묻고, 자기들끼리 키득거리면서 '그게 가능해?' 이딴 소리나 하고. '근데 학생은 입술이 왜 그렇게 빨개?' 이러면서 위아래로 훑고. 그냥 보는 거랑 안 좋은 눈으로 스캔하는 차이 정도는 나도 느끼거든. 나 참! 과자도 부서질까 봐 질소 충전 해서 포장하는데 이건 배려가 완전 하나도 없는 거야. 적어도 뻘에서 간신히 기어 나온 애한테 더럽다고 손가락질하는 건 아니지 않냐? 거기다가 검사라는 인간은 전에 내가 새아빠한테 보냈던 문자 들이대면서 '너 새아빠랑 사랑하는 사이 아니냐. 말투에 애교가 득실거려. 피해자로 보기 힘들 정도야.' 이러는 거야. 아니, 공부 잘해서 검사 된 사람이 왜 그렇게 짱구야? 그럼 새아빠한테 욕하면서 용돈 달라고 하겠어? 더군다나 그 문자는 수학여행비 달라고 하는 내용이었거든. 내가 친구들이랑 생일 파티 한 사진까지 SNS에서 털어서는 '이게 피해자로 보이느냐?' 이런 식으로 몰고 가더라. 젠장! 성폭행당한 애는 놀지도 못해? 그뿐이 아니야. 그야말로 특수 상황이어서 고소까지 한 건데도 판사는 '어떻게 아빠라는 사람이 그러겠느냐, 상식적으로 이해가 안 간다.' 그랬다가 또 '남녀 사이는 알 수 없는 거다.' 이런 말을 하더라. 상식을 왜 거기서 찾아? 거기가 상식 찾는 자리야? 새아빠랑 나를 남녀라면서 같은 저울 위에 올려놓는 발상이 제일 황당해. 이런 식으로 깐 이마 또 까는 데 완전히 파여서 너덜너덜해질 때까지……. 진짜 그야말로 개털렸어."

시아가 고개를 흔들면서 부르르 떨었어. 시아가 '뻘에서 간신히 기어 나온 애'라는 표현을 쓸 때, 진흙을 뒤집어쓴 채 두리번거리는 내 모습이 머릿속에 떠올랐어.

"그게 끝이 아니야. 눈에 보이는 것만 떼어 내서 버리면 되는 줄 알고 잡아당겼는데 뭐가 줄줄이 딸려 나오면 진짜 황당하잖아? 이게 딱 그런 경우였어. 나중에 항소심 즈음에 엄마가 찾아와 울면서 고소 취하하라고, 내가 하는 일이 여러 사람 죽이는 일이라는 데는 나도 어쩔 도리가 없었지. 나 살려고 하는 일이라고 하니까 엄마가 그러더라. '이년아, 너만 살면 되니?'라고."

시아는 이 대목에서 눈물을 훔쳤어. 그러고서 잠시 뒤 말을 이었지.

"진짜 하이라이트는 내 동생이었어. 정말 오랜만에 만나서 너무 반가워 안아 주려고 했더니 '나쁜 누나'라면서 뒷걸음치며 눈을 흘기더라. 가슴이 정말 너무너무 아팠어. 결국 모든 일은 원점으로 돌아갔고, 난 더는 가족을 볼 수가 없었어. 그래서 지금 이렇게 학교 밖 아이로 전전하며 살아. 그렇다고 무조건 참으라는 뜻은 아니야. 그냥 경험담을 말해 주는 것뿐이야. 네가 혹시 일을 터뜨린다면 그때 참고하라고."

"참기도 무섭고 발을 내딛기도 무섭네."

"무섭게 하려고 꺼낸 이야기는 아닌데…… 모르겠어. 내 경우가 성공적이 아니어서인지 모르지만, 난 법이 도와주는 게 그렇게 많지 않다고 생각해. 난도질당하고 싶지는 않았거든. 물론 시시비비를 가리기 위해 그런 거라지만……. 어제도 실은 엄마 문자 받고 운 거야. 고소는 취하했지만 새아빠의 화풀이가 엄마한테로 향하고 있어. 전에 없이 엄마에게 폭력을 쓰나 봐. 내가 여러 사람한테 해를 입힌 건가 싶어서 마음이 아파. 씨발! 잘못 건드린 종기처럼. 섣불리 건드려서 더 크게 곪게 만들었나 싶어서."

"그래도 적어도 그 일에서 벗어났잖아."

"맞아, 그 일은 없어졌지. 하지만 딴것을 잃었잖아. 우리 가족이 아작 나고 있어. 내가 바란 건 이게 아닌데……. 엄마랑 동생이 불행해지면 내 일부가 망가지는 거잖아. 그래도 너무 비관적으로만 듣지는 마. 너를 확실히 보호해 주고 끝까지 편들어 줄 사람이 있으면 괜찮을지도 몰라. 비극적으로만 생각하면 그걸로 끝이니까. 일단은 긍정적으로 바라보자고. 뭐, 어차피 살아야잖아."

시아의 말에 고개를 끄덕여 보였지만 내 마음 깊은 곳에서는 이미 비관적인 결론을 향해 가고 있었어. 끝까지 보호해 주고 나를 편들어 줄 사람이 있었다면 애초에 이런 일이 일어나지 않았을 테니까.

"여기까지!"

시아는 겉옷을 다시 챙겨 입으며 나갈 채비를 했어. 그러고는 과거에서 현재로 되돌아온 사람처럼 표정을 싹 바꾸고 거실을 서성거리다 말했어. 맞아, '페이스오프'라도 한 것처럼.

"근데 말이야. 위에 아보카도 있을까? 아까 보니까 그 여자는 나가던데."

"왜?"

"돈이 필요해."

나는 대답 대신 내 방으로 갔어. 책상 서랍에 모아 둔 돈을 다 들고 나왔어. 얼마 안 되는 돈이지만 돈을 건네는 내 손을, 시아가 가만히 바라봤어.

"너 지금 속으로 '야, 앞뒤가 안 맞잖아.' 그러고 있지? 그 일 땜에 고소도 하고 그러던 애가 왜 이러고 사느냐고. 다 알아."

"아니."

"아니긴? 뻥까지 마. 뻔하잖아, 나라도 그랬을 거야. 현재에서 과거로 거슬러 가면 내 과거도 다 말이 안 된다고 그러겠지. 그 또라이 판사가 지금 나를 보면 '야! 내가 너 이럴 줄 알았어.'

이렇게 씨부리겠지. 하지만 말했듯이 난 그냥 인간 샌드백이야. 합리화라고 할지 모르지만, 이제는 달라. 먹고살아야 해서 그 일을 해. 차라리 이편이 더 적극적인 거잖아. 암튼 나도 빠져나갈 구멍을 찾고 있어."

하지만 과연 시아가 혼자 힘으로 빠져나갈 수 있을까? 시아 말로는 갈 데가 없어서 가출 팸에 섣불리 엮였다가는 그야말로 조직적인 범죄의 소굴에 발이 묶이기 쉽고, 그래서 출구를 영영 못 찾는대. 그래서 자기는 다르게 길을 찾는 중이라고. 어디 안전하게 내려앉을 데가 없어 아우성치며 허공에 날리는 가녀린 눈송이 같은 아이들이 머릿속에 떠올랐어. 누가 위험 지역에서 우리를 보호해 줄 바리게이드를 쳐 줄 수 없나? 우리를 지켜 줄 파수꾼이 어디에 있기는 할까? 우리가 단단해질 때까지, 딱 그때까지만이라도 우리를 지켜 줄 누가 있으면…… 안 될까? 이렇게 그 누구를 애타게 갈망하자니 어이없게도 국적 불명의 슈퍼우먼만 떠오르더라. 나의 시시한 상상을 알 리 없는 시아는 내게 돈을 받아 무안한지 괜히 호들갑스럽게 어제 일을 마무리 삼아 이야기했어.

"어젠 아보카도 엄마가 훅 치고 들어오는데, 완전 짜증 나더라. 진짜 웃기는 건 뭔 줄 알아? 내가 어떤 앤 줄 뻔히 알면서도 자기 남편이 오니까 그 여자가 먼저 천연덕스럽게 '너 연이 친구구나?' 이렇게 쌩쇼를 하는 거야. 그러면서 지가 먼저 너한테 전화 때린 거라구. 내 생각에 아보카도는 이제 곧 잽싸게 내뺄 거야. 그 여자가 도망칠 수 있는 길을 만들어서 어디에 꼭꼭 숨겨주겠지. 아청법이 진짜 무섭거든."

퇴로. 언젠가 루 오빠가 말했던 학창 시절의 그 퇴로가 기억났어. 그러고 보니 오빠는 내빼기 전문이네. 그렇잖아? 그냥 떠오른 생각인데, 만약 오빠가 그때 미국으로 도망치지 않았다면, 도망치지 않고 학폭의 대가를 치렀으면, 지금처럼 또 이렇게 도망칠 일은 없지 않았을까? 시아는 현관에 앉아 스니커스 끈을 다시 천천히 묶으며 말했어.

"갈게. 그리고…… 나 오해하면 안 돼. 난 과거를 거쳐서 현재의 내가 된 거야. 망가진 부분이 있을 뿐이라고. 지금 내가 이렇게 되었다고 전에 있었던 그 일이 내게 아무것도 아닌 일은 아니야. 어쩌면 그래서 내게 과거가 더 아픈 걸지도 몰라. 하지만 언젠가 달라질 거야. 어디서 봤는데, 모든 세포는 평균적으로 칠 년을 주기로 재생된대. 생물학적으로 새로운 사람이 되는 거지. 그러니까 난 달라질 수 있어."

그 말을 남기고 시아는 떠났어. 시아가 나간 뒤 나의 현재가 어떤 미래를 만들지 잠시 떠올렸지만, 예측할 수 있는 건 하나도 없었어.

우리들의 파수꾼에게

시아가 가고 난 뒤 기절하듯 쓰러져 잠을 잤어. 잠 속으로 도망치지 않으면 머릿속이 터져 버릴 것 같아서. 시아의 이야기도, 시아를 통해 알게 된 루 오빠의 이야기도, 내 머리채를 잡았던 큰엄마의 이런저런 말 폭탄도, 다 현실로 받아들이기에는 너무 무거웠거든. 아, 그리고 곧 불어닥칠 태풍에 대한 걱정도 깊었고.

깊은 잠에 긴 꿈을 꾸었어. 바닷속에 내가 있는 꿈. 어릴 적 수영장에 빠졌던 기억 때문에 물을 무서워하는데 이상하게 꿈에서는 전혀 그렇지 않았어. 꿈속은 빛이라고는 보이지 않는 어둡고 깊은 바다가 무대였는데 오히려 안락했던 것 같아. 포식자가 돌진해 오지 않는 고요한 바다. 움직이는 거라고는 물살을 만들지도 못할 만큼 미세하게 몸을 흔드는 수초뿐인 곳. 심해어처럼 꼼짝 않고 웅크리고 있는 나. 반수면 상태인 듯 꿈속의 나는 꿈을 꾸는 나에게 말했어.

'바닷속이 무섭지 않아. 이렇게 편한걸! 조금 더 깊이깊이 가라앉고 싶어.'

하지만 세상의 모든 꿈은 깨기 마련이지. 잠에서 깨니 거실에서 두런두런 이야기를 나누는 엄마 아빠의 목소리가 들렸어. 현실이 아닌 것처럼 화기애애한 목소리였지. 태풍 전의 고요라고는 절대 받아들일 수 없는 이상 기후였어. 너무나 비현실적인 도란도란. 큰엄마가 아무 말도 안 하기로 작정한 걸까? 나는 가만히 누운 채로 귀를 기울였어. 귀를 기울이며 눈으로는 휴대폰을 보니 주홍 샘의 문자가 와 있었지. 나를 설득하는 장문의 문자. 같은 주제의 다른 표현이 변주하듯 이어지고 있었어. 같은 노래를 반복 재생 하는 기분이라 조금 지겨웠지만, 마지막 문장이 마음에 걸렸어.

'침묵은 너를 보호하지 못할 거야.'

꿈속의 깊은 바다, 그 깊은 침묵이 내게는 아늑하기만 했는데, 그게 해로운 거라고 주홍 샘은 말하고 있었어. 묵직한 죄의식 같은 게 꽉 조인 안전벨트처럼 나를 누르더라. 대체 나를 보호할 수 있는 게 뭘까? 침묵하지 않으면 과연 엄마 아빠가 나를 보호해 줄까? 무섭게 변질되어 버릴 사실을, 내가 끝까지 잘 지켜 갈 수 있을까? 입장 차이라며 영원히 합일점을 찾을 수 없는 일을, 내가 용감하게 대적할 수 있을까? 시아처럼 난도질당하고 싶지는 않은데. 웅크리고 있다가 나도 시아처럼 칠 년을 기다려서 세포가 변화되기만을 기다리는 게 맞지 않을까?

그럼에도, 그 모든 것을 다 떠나서, 내가 가해자라는 큰엄마의 말은 억울했어. 아무리 같은 일을 놓고 각자 다르게 이야기하는 입장 차이가 있다고 해도, 그럴 수는 없었어. 그것만으로 움직여진다면 세상은 언제나 힘 있는 자들의 것이겠지. 그런 의미에서 주홍 샘의 말, '이 세상이 원칙 없이 제멋대로 돌아간다면 혼란스러워질 테니까 공정한 세상을 만들기 위해서라도 대가를 치르게 해야 한다.'는 게 맞아. 그러니 나는 침묵을 깨고 말을 해야겠지?

하지만 두려워. 내가 정말 할 수 있을까? 너무 두려워. 그 길고 어두운 터널을 끝까지 다치지 않고 잘 걸어갈 수 있을까? 팔을 올려 보려 해도 지금은 그 힘조차 없는 것 같았어. 루 오빠가 베푼 선의가 선의가 아니고, 시아 표현대로 '개수작을 위한 밑작업'이라는 사실이 너무 아파서 견디기 힘들 지경이었어. 오빠로 인해 지렛대의 힘으로 견딜 수 있었던 그 따스한 위로의 시간들이 한순간에 무위로 돌아가는 게 제일 무서웠어. 언젠가 보건실에서 들었던 어떤 아이의 이야기처럼, 과거가 재편집되는 일을 내가 겪게 되다니. 정말 고약했어. 그루밍 토크, 정겹고 살가운 털 고르기가 아니라 사람을 심리적 노예로 만드는 거라니. 내가 아무 자각도 못 하고 끌려 다니기만 하는 노예였다니…….

정말이지 난 투사가 되고 싶지 않았거든. 누구하고도, 그 무엇하고도 싸우고 싶지 않았어. 미련해도 좋으니 상대의 선의를 온전히 믿고 싶었어. 서로의 털을 골라 주고 우직하게 등을 기대며 살고 싶었어. 그랬는데, 결국 내가 진흙을 뒤집어쓰고 뻘밭에 나앉은 아이라니.

내가 조금 단단해질 때까지 시간이 기다려 주었다면 좋았을 텐데……. 아직은 굳은살로 칠갑을 한 갑옷을 입고 세상과 대적하고 싶지는 않은데……. 인간 샌드백이 되어 거리로 헤매고 다니고 있을 시아가 떠올랐어. 우리를 지켜 줄 우리의 파수꾼에게 편지라도 쓰고 싶어지더라. 그래서 '우리들의 파수꾼에게'라고 첫말은 읊조려 봤지만 마음이 막막하기만 했어. 그럴밖에, 수신자는 그 어디에도 없어 보였거든. 난 어렴풋이 알 것 같았어. 막막함에 습관처럼 자꾸 누군가를 기대해 보지만, 결국 이 일을 직시하고 헤어나오기 위해 발을 내디뎌야 할 사람은 우리 자신밖에 없다는 사실을 말이야. 시작은 우리 자신이어야 한다는 사실을.

Here I am

아까부터 거실에서 들려오던 엄마 아빠의 낮은 웅얼거림이 좀 더 또렷이 들렸어. 아마 내 방 가까이 온 모양이야. 웃음소리가 작게 들리기도 하고 의자 끄는 소리를 일부러 들으라는 듯이 내는 것도 같았어. 뒤이어 엄마가 낮고 부드러운 목소리로 내 이름을 불렀어.

"연아, 이제 일어나서 뭐 좀 먹어야지?"

이례적인 부드러움. 그리고 뒤이어 들려오는 아빠의 낮은 음성.

"걔 좋아하는 거 사 올까?"

아빠도 예사롭지 않은 말투와 목소리로 이야기하고 있었어. 두 사람의 말투가 정말 낯설고 기이했지만, 어쩌면 엄마 아빠에게 기댈 수 있을지 모른다는 근거 없는 희망이 피어났어. 그래, 엄마 아빠가 나를 도와줄지도 몰라, 기나긴 터널을 지나가는 내내 손을 잡아 줄지 몰라, 하는 믿음. 시아가 그랬잖아? 너무 비관적으로 생각하지 말라고. 엄마 아빠가 그래 줄 수 있으리라는 생각이 들자 내 마음 한구석이 점화되는 기분이었어. 뒤이어 가슴 저 아래서 불이 지펴지는 느낌도 들더라. 그 생각만으로 힘이 솟았어. 방금 전까지 팔을 올리기도 힘들던 그 무력감은 온데간데없어졌지. 나는 가뿐히 일어나 거실로 나갔어.

큰엄마가 아무 말 하지 않았을 리 없는데 누구도 내게 그 일에 대해 말하지 않더라. 보호받고 있다는 느낌이 들었어. 엄마도 아빠도 모르는 눈치는 아니건만 아무도 나를 비난하지 않고 있었으니까. 두 사람만은 나를 믿어 주리라는 신뢰가 생겼어. 봐, 야단도 안 치잖아? 엄마는 부엌에서 음식 준비에 분주했어. 아빠는 텔레비전 리모컨 배터리를 갈아 끼우고 있었고. 나 역시 이례적이고도 예사롭지 않은 말투로 입을 열었어.

"엄마 아빠, 저 드릴 말씀이 있어요."

그러자 엄마가 왠지 어색하게 놀라면서 "어머, 너 씻고 와서 밥 먹어야지." 하더라고. 그치, 아무리 비상 상황이라도 우리 집에서는 씻는 게 우선이지.

나는 얼른 욕실로 갔어. 샤워를 하며 새로운 시작을 하겠다고 다짐했어. 그런데 천천히 정성껏 씻고 나와 보니 식탁에 내 밥만 차려져 있고 엄마 아빠가 없었어. 잠깐 밖에 나간 줄 알았는데 밥을 다 먹도록 엄마 아빠는 들어오지 않았어. 설거지까지 하고 마음을 다잡기 위해 열심히 청소를 했어. 지금 청소를 한다는 것이 어떤 상징적인 의식처럼 여겨졌거든. 꼼꼼히 구석구석 놓치는 데 없도록 바쁘게 움직였지. 청소를 마치고 침대에 누워 엄마 아빠한테 해야 할 말을 수없이 반복해 가며 연습까지 했는데……. 늦은 밤, 엄마한테서 오늘 좀 늦을 테니 먼저 자라는 문자가 왔어.

다음 날 아침. 학교에 가려고 양치질을 하는데 아빠가 욕실 문을 벌컥 열고 들어왔어.

"면도기가 어디 있더라?"

구시렁대더니 아빠는 세면대에서 면도기를 청소했어. 양치질하는 내 옆에서 윙 하고 면도기를 돌리고 털고 또 윙 하고 돌리고 털기를 반복하다 나를 힐끗 보며 아빠가 무심한 투로 말했어.

"너 귀신보다 더 무서운 게 뭔지 알아?"

"네?"

"현실이야. 먹고사는 현실. 밥줄 끊겨 봐라, 배곯으면 귀신도 잡아먹겠다고 달려들걸. 그만큼 무서운 거다, 먹고사는 게."

아빠 목소리는 그 어느 때보다도 심드렁했어. 하지만 내게 꼭 전해야 할 말을 하고 있다는 건 알겠더라.

"네가 그거 모를 나이는 아니잖아? 그냥 넘겨라. 들쑤셔 봐야 우리가 탄 배만 뒤집히는 거야. 그것도 홀라당. 알아?"

아빠가 무슨 말을 하는지 잘 알아먹겠더라고. 그게 무슨 말이냐고 따지지 못하는 나 자신을 책망했어. 이렇게 무심히 주고받을 이야기가 아닌데, 이건 아닌데……. 아닌데도 아니라고 입도 못 떼는 내가 싫고 너무 미웠어.

"연아, 우리 아파트로 이사 갈 거야. 여기 이 반지하랑 비교도 안 되는 좋은 데야. 그렇게 말 막았어. 이미 지나간 일, 어쩌지 못하는 일인데 남는 장사라도 해야지. 그게 현명해. 야! 그리고 나연, 너! 그리고 그 주홍인가 다홍인가 하는 수상한 선생은 일절 만나지 마라. 네 휴대폰 보니 이상한 말만 지껄이던데 책임지지도 못할 일 만드는 거야. 남의 일이라 이거지. 지가 뭔데? 하긴 그 여자도 뭔 속셈이 있어서겠지? 아니면 왜 그러겠냐?"

뭐라 대답해야 할지 몰라 가만히 서 있으니 아빠가 말했어.

"양치질 다 했으면 나가지 뭐 해? 아, 그리고 네 엄마는 아무것도 몰라. 알았지?"

무슨 정신으로 집을 나왔는지 모르겠어. 겨우 허방을 피해 가듯 앞으로, 앞으로만 하염없이 걸어가며 생각했어. 아빠는 왜 심드렁한 척 이야기를 했을까? 내게 벌어진 일이 아무것도 아닌 것처럼 넘기고 싶은 걸까? 엄마 아빠에게는 정말 그 일이 아무 것도 아닌가? 어쩌다 놀이터에서 힘센 아이들한테 한 대 맞고 온 그런 해프닝에 불과한가?

아빠 말대로 이게 그냥 넘길 수 있는 일인지 의구심이 들었어. 어제를 다 잘라 버린 오늘과 내일이 정말 가능하긴 할까? 나는 다시 잘 살 수 있을까? 걸으면서 아빠가 말한 귀신보다 무섭다는 현실을 되새겨 봤어. 엄마 아빠와 주홍 샘 중에 어느 쪽을 향해 발을 내디뎌야 하는지도, 누구 말이 맞는 지도…… 잘 모르겠어. 아니, 하나도 모르겠어.

난 버스 정류장 의자에 앉아 한참을 넋 놓고 있었어. 등 뒤로 햇살이 기웃대더니 의자 앞에 내 그림자를 보여 주더군. 그래, 맞아! 난 거기 있었어. 내 그림자와 마주 보며 나를 느꼈어. '내가 여기 이렇게 실하게 존재하잖아?' 팔을 들어도 보이고 어깨도 들썩이며 나를 충분히 느꼈지. 아! 그때 문득 시아의 팔에 그려진 별 모양의 타투가 떠올랐어. 재판으로 한창 휘둘리던 때 자기 몸은 자기 거라는 사실을 확인하고 싶어서 타투를 했다는 시아의 말이 너무 이해가 갔어. 가장 고독한 순간에 시아는 자신을 지켜 내기 위해 그렇게라도 하면서 투지를 불사른 거겠지.

내 그림자와 마주 보며 혼자 조용히 읊조렸어.

'그래, 그들은 그들의 삶을 살고 난 나의 삶을 사는 거야.'

난 나를 지켜 주기로 마음먹었어. 그러자 내 안에 부드럽고 따스한, 그러나 단단한 무언가가 고이는 기분이 들더라. 내가 나에게 보내는 마음이 이리도 선명하게 실체로 와닿다니……. 꼭 손에 잡힐 것만 같은 기분이 들었어. 그렇게 명료한 생각이 극에 달할 즈음, 절묘하게도 주홍 샘이 전화를 한 거야. 다시 만나자고. 나는 흔쾌히 그러자고 했지. 모든 게 분명해졌으니까.

에필로그

긴 독백을 마치고 나니 내 머릿속에 금붕어가 떠올랐다. 살기 위해 꽃병 밖으로 튀어나온 금붕어. 비록 비극적인 최후를 맞았지만, 금붕어의 의지를 높이 사고 싶다. 물 밖으로 몸을 날린 용기와 자신을 드러낸 의사 표현까지. 꽃병 안에서도 단호하게 자기가 원하는 방향으로 몸을 휙휙 틀어 헤엄치더니만.

뒤이어 나를 떠올려 봤다. 유체 이탈하듯 나한테서 떠나 한 발짝 떨어져 독백하는 나를 바라보았다. 내내 원치 않는 일을 하며 끌려다니는 나를 보고 있자니 화가 났다. 두려움에 발을 묻은 채 두리번거리며 눈치를 보고 금붕어만큼의 날렵한 몸짓조차 못 하고 있는 나. 아픈데도 소리마저 삼켰던 나는 어쩌면 언젠가 샘이 말했듯 그렇게 세팅된 탓에 그랬는지도 모른다. 난 그렇게 길들여져 있었을 뿐이다. 이제라도 아프면 아프다고 비명을 질러서 나를 보호해야 한다.

그래서 주홍 샘을 다시 만나기로 했다. 또다시 도망치지 않기 위해, 일부러 시퍼런 강물이 흐르는 한강 변의 벤치를 약속 장소로 정했다. 앞으로만 직진하겠다는 내 의지의 표현이다. 멀리 보이는 해 질 녘의 하늘은 그 어느 때보다 근사했고 노을에 물든 구름은 한껏 비장미를 풍겼다. 나를 위해 그려진 하늘이라고 내 맘대로 상상해 본다. 강변의 지하도를 걸어 나오는 주홍 샘의 또각이는 구두 소리가 등 뒤로 들릴 즈음, 단호함의 소리를 마음에 새긴 뒤 난 마치 출정식 일정이라도 알리듯 아빠에게 전화했다. 내 이야기를 들은 아빠는 대번에 소리쳤다.

“야! 너 자신을 그렇게 불쌍한 여자로 만들고 싶냐! 당한 게 자랑이야?”

아빠는 내 수치심을 자극했다. 큰엄마도 내게 그랬다. ‘너가 좋아서 한 거’라고. 시아는 “너도 연애한 거 아니냐?”라는 비난이 제일 아팠다고 했다. 나는 망가진 아이가 되었다는 생각에 두려웠지만, 주홍 샘은 절대 그렇지 않다고 했다.

“그건 네 의지가 아니었으니까 죄의식을 느낄 필요 없어. 넌 망가지지 않았어. 순결을 잃었다고? 그런 표현은 맞지 않아.

넌 물건이나 기계가 아니잖아? 누가 손댔다고 훼손되거나 망가졌다거나 헌것이라는 생각은 정말 잘못된 거야. 네 몸의 주인은 너지 상대방이 아니잖아? 넌 불쌍한 사람이 아니야."

주홍 샘의 말은 나를 자유롭게 했다. 나는 망가지지 않았다. 어느 누구도 나를 파괴할 수 없다는 사실만을 떠올리자 내 몸 어디론가 신선한 바람이 들어오는 기분이 들었다. 정말 잘못된 일은 같은 일을 반복하면서 나를 방치하는 행위다. 그러니 잘못된 일을 하나하나 바로잡고자 한다.

내 삶의 주인은 나고, 나는 나를 지키는 파수꾼이니까.

어느 누구도 나를 파괴할 수 없다는
사실만을 떠올리자
내 몸 어딘가로 신선한 바람이
들어오는 기분이 들었다.

| 첫 번째 리뷰 |

밤길을 걷는 중인 모든 이를 위하여

— 한승혜(작가)

기억력이 남다른 편이다. 흥미로운 대화나 사건이 있으면 따로 기록하지 않고도 꽤나 자세히 기억하고, 남들은 그런 일이 있었느냐고 되물을 만큼 오래전의 일 또한 생생히 되살리곤 한다. 일례로 대학생 때는 극장에서 상영 중인 영화의 대사를 외워 두었다가 영화가 끝난 뒤 노트에 처음부터 끝까지 옮겨 적었는데, 함께 영화를 보러 갔던 친구들이 확인해 보고 경악했을 정도로 정확했다. (그런 기억력을 안 써먹고 뭐 하느냐는 질문을 위해 덧붙이자면 이는 20대 때의 일로, 지금은 그때만큼 기억력이 좋지는 않다.)

그런데 이토록 남다른 기억력을 가진 나에게도 조금 흐릿한 부분이 있다. 바로 학창 시절이다. 굵직한 사건이나 중요한 일들은 당연히 기억하지만 다른 때에 비하면 그 정도에 있어 상당한 차이가 난다. 다른 시기의 기억들이 아주 화소가 높은 카메라로 찍은 사진이라면, 중고등학생 무렵의 일은 렌즈가 상한 카메라로 찍은 것처럼 부옇게 '블러' 처리가 된 느낌이랄까. 왜 그런지에 대해 여태껏 생각해 본 적이 없었는데, 어쩌면 그때 그 시절을 그다지 기억하고 싶지 않아서인 것 같기도 하다. 별로 기억하고 싶지 않기에 뇌가 자동으로 흐릿하게 처리해 버린 것이다. 망각은 일종의 축복이라는 말도 있지 않은가.

이리 말하면 누군가는 분명 물을 것이다. 그때 무슨 일이 있었길래 그러느냐고. 안 좋은 일이라도 있었냐고. 왕따를 당하거나 학교 폭력을 경험했느냐고. 혹은 집에 문제가 있었느냐고. 글쎄, 맞기도 하고 아니기도 하다. 양친은 건강했고, 집이 망하지도 않았고, 경제적으로 풍족하진 않았지만 궁핍한 것도 아니어서 딱히 밥을 굶고 다닌 적은 없다. 성적은 좋은 편이었고, 뉴스에 나올 만큼의 심각한 폭력을 당한 적이 없으며, 대놓고 따돌림을 당한 적 또한 없다.

그렇다고 마냥 평화롭고 안온한 생활이었는가 하면 역시나 아니라고 해야겠다. 교실 뒤로 끌려 나가 모두가 보는 가운데 동급생에게 맞은 적이 있고, 다니던 무리에서 은밀하게 배제

당한 적이 있으며, 가장 친했던 친구로부터 버림 받은 적이 있다. 집 안에는 늘 숨이 막힐 듯 긴장된 분위기가 감돌았다. 마음을 털어놓을 가까운 이가 없었고, 누군가로부터 따뜻하게 사랑받는다고 느낀 기억 또한 별로 없다. 한편 친구 집에 놀러 갔다 낯선 남자 선배들을 잔뜩 마주하고 심상치 않은 분위기에 당황하여 도망친 적이 있고, 등굣길에 바지 지퍼를 열고 성기를 내보이는 남자를 마주한 후 누구에게도 말 못하고 하루 종일 끙끙 앓았던 적도 있다.

아주 가끔씩 심심풀이 삼아 타임머신이 개발되면 과거로 돌아갈 것인지, 만약 돌아간다면 어느 시절로 갈 것인지에 대해 상상의 나래를 펼치곤 하는데, 중고등학교 시절로 돌아가는 선택지가 단 한 번도 후보에 없었던 것은 아마도 그래서일 것이다. 많은 사람이 청소년을 보며 "좋을 때"라고 이야기하지만 돌이켜보면 그때만큼 험악하고 괴로웠던 시절도 없다. 마치 앞에 뭐가 있을지 모르는 캄캄한 밤길을 걷는 것 같았던 시기였다. 그 모든 불안과 두려움, 고통과 위협을 떠올리면 지금처럼 무사히 어른이 된 것이 기적처럼 느껴진다. 한 발짝만 잘못 디디면 낭떠러지로 떨어지는 위태롭고 좁은 길을 비틀거리면서, 여기저기 더듬으면서, 간신히 헤치고 여기까지 왔다.

박하령의 소설 『나는 파괴되지 않아』의 나연이 어딘지 모르게 친숙하게 느껴졌던 것은 아마도 이런 이유에서일 것이다. 자세한 사정과 설정은 차이가 있으나 큰 범주에서 나연이 겪은 감정들을, 상황들을, 나 또한 겪어 본 적이 있기에. 사실 내가 겪은 일들에 비하면 부모의 경제 사정으로 친척 집에 얹혀살게 된 나연은 훨씬 더 극단적이고 어려운 경우라고 할 수 있다. 폭력적이며 정서적으로 기댈 수 없는 부모, 가까워진 줄 알았던 짝의 하루아침에 뒤바뀐 태도, 그에 맞춰 따라오는 반 아이들로부터의 소외, 그런 와중에도 의연한 척 애써야 하는 이의 고단함과 외로움, 그저 견뎌야만 하는 이의 절박함과 고통.

이런 나연이 유일하게 자신을 돌아봐 주고 다정하게 대해 준 친척 오빠에게 마음을 열고 경계심을 허물게 된 것은 매우 자연스러운 수순이다. 그가 친밀감을 이용하여 부당한 요구를 했을 때 거절하지 못한 것과, 이후로도 무력하게 그저 피해를 견디기만 했던 것, 돕기 위해 나타난 이의 경찰에 고발하라는 조언에도 불구하고 쉽사리 마음을 먹지 못했던 것 또한 같은 선상이다. 처음으로 경계를 허문 사람이었기에, 유일하게 기댈 수 있었던 사람이기에, 부모와 자신의 처지를 좌우할 수도 있는 집안의 아들이기에, 암묵적인 부모의 압박 아래 나연의 입장에서는 그게 최선이었던 것이다.

특히나 나연의 케이스와 같은 친족 성폭력에서 가해자들은 많은 경우 피해자에게 보호자이자 애정의 대상이기도 하므로 이런 경우 피해자들은 여러모로 더욱 어려운 처지에 놓인다. 가해자에 대한 분노와 혐오, 애정과 의존의 감정이 복잡하게 뒤섞이며, 그 모든 상황에도 불구하고 여전히 가해자를 동정하거나 가해자와의 인연을 끊어 내지 못하고 종내에는 그런 스스로에 대한 자괴감으로 괴로워한다. 때로는 피해 사실을 알린 이후 다른 가족들에게 미치는 여파에 대해 오래도록 홀로 죄책감과 트라우마에 시달리기도 한다.

『나는 파괴되지 않아』는 이와 같이 주인공 나연을 통해 성폭력 피해자의 어렵고 미묘한 처지를 직관적이고 명확하게 보여 주는 소설이다. 그들이 어째서 세간에서 요구하는 '명확한 거절'을 하지 못하는 경우가 많은지, 어떻게 피해에 노출이 되고 무력하게 당하는지, 이후에 다른 많은 성폭력 사건과 마찬가지로 도리어 손가락질을 당하고 비난받는지를 당사자의 시선에 맞추어 그려 낸다. 그 자체만으로도 이 소설은 그 역할과 소임을 해냈다고 할 수 있을 것이다.

하지만 이 소설은 단지 외롭고 불안한 청소년 시절을 쉽게 위로하고, 성폭력 피해자의 상황과 처지에 공감하게끔 하는 것으로만 끝나지 않는다. 개인적으로 소설에서 가장 인상 깊은 장

면은 작품 후반부에 등장하는 시아가 하는 말이었다. 가출 후 성인을 대상으로 무수히 많은 성 착취를 겪었던 시아는 떠나면서 나연에게 이런 말을 남긴다. "지금 내가 이렇게 되었다고 전에 있었던 그 일이 내게 아무것도 아닌 일은 아니야."(209쪽) 하지만 언젠가는 달라질 것이라고. 모든 세포는 평균적으로 칠 년을 주기로 재생되므로 자신 역시 달라질 것이라고.

때로 어떤 이들은 성폭력 피해자에게 말한다. 그저 넘어져서 무릎 한번 깨졌다 생각하고 잊어버리라고. 별일 아니라고, 없었던 일이라고 생각하라고. 하지만 이 세상의 모든 폭력은 '없었던' 일이 될 수 없다. '별것 아닌' 일이 될 수도 없다. 폭력은 엄연히 상처와 트라우마를 남기는 행위다. 피해자로서는 오래도록 고통받는 것, 잊을 수 없는 것이 한편 당연하다. 그렇기에 어떤 성폭력도 그저 '좋은 게 좋은 것'이라는 식으로 쉽게 넘어가서는 안 된다.

허나 그로 인한 상처와 고통이 영영 회복 불가능한 것인가 하면 결코 그렇지는 않다. 성폭력은 분명 큰 상처와 고통을 남기는 사건임에 틀림없지만, 세간의 표현과 같이 '씻을 수 없는 상처' 혹은 '부끄러운 피해'가 아니며 회복할 수 있는, 경우에 따라 피해자를 더욱 강인하고 튼튼하게 만들 가능성도 있다. 소설은 시아의 입을 통해, 그런 시아를 보고 굳게 결심하는 나연의 모습을 통해 이를 명확하게 보여 준다.

따라서 이 소설은 많은 이들에게 위로가 될 것이다. 성인에게는 이미 지나갔지만 기억 깊숙이 자리한 거칠고 야만적인 시절에 대한 위로를, 지금 나연과 같은 시기를 지나는 이들에게는 누군가 자신을 이해하는 존재가 있다는 안도와 위안을, 혹여 나연과 비슷한 피해를 겪었거나 유사한 위협에 놓인 이들에게는 힘과 용기를 줄 것이다. 현재 밤길을 더듬더듬 헤매는 것처럼 느낄 많은 사람들이 이 작품을 읽었으면 한다. 어두운 길을 걷는 사람에게 주어진 한 줄기 빛이 되었으면 한다.

| 작가의 말 |

몇 년 전 그루밍 성폭행 기사를 보고 그야말로 기함을 했다. 사건의 경중이나 서사 때문이 아니었다. '여중생과 자신은 서로 사랑하는 사이였다.'는 가해자의 주장을 받아들인 대법원의 인식에 경악을 금치 못했다. 눈에 드러난 사실 말고 전체를 보는 '맥락에 대한 이해'가 없어서 생기는 수많은 부당함. 그중에서 이 경우가 '최악'이라는 생각이 들었다. 이는 단순한 무지에 의해 벌어지는 일이 아니라, 약자를 향한 무분별한 폭력이 아닐까 하는 회의감과 동시에 희귀한 이율배반 앞에 경이감마저 들었다. 미성년자라 칭하고 권리를 제한하면서도 사랑에 관한 한 그들을 같은 저울에 올려놓는 배려(?)와 사고의 유연성을 갖다니!

그루밍은 상대를 정신적으로 길들여 자기가 원하는 것을 착취하는 범죄다. 말 그대로 아이를 납치할 때 주는 사탕에 비유할 수 있다. 청소년기의 정서적 불안과 심리적 허기를 이용하여 선의를 내걸고 신뢰 관계를 형성해서 아이들을 조종한다. 때문에 정작 아이들은 자신이 피해자인지 감지조차 못 하고 정신적·육체적 노예가 된다. 그런데도 사탕을 탐한 아이에게 "왜 거절을 못 해?" 하며 비난의 칼자루를 들이대다니.

아이들은 우리가 만든 세상에 태어난 사회적 약자다. 부모와 사회의 테두리 안에서 우리는 그들이 건강한 성인이 될 때까지 일정 부분 그 몫을 다해야 한다. 그런 의미에서 그루밍 성폭력의 심각성은 무엇보다 사회가 먼저 인지하고 경종을 울려야 한다. 그러나 현실은 그렇지 않았다. 가해자가 가족이나 친척, 지인이어서 쉬쉬하는 분위기 또는 종교적 세뇌인 탓에 쉽게 드러나지 않는 경우, 아니면 어린 피해자들에게 죄를 묻는 분위기여서 그루밍 성폭력은 계속 늘어남에도 쉽게 드러나지 않고 음지에서 퍼져 나가는 추세다. 게다가 요즘에는 누구나 쉽게 접할 수 있는 온라인을 통한 그루밍이 많아져 그 위험성이 더 심각해졌다.

청소년소설 작가로서 아이들의 아픔을 생각하고 이 주제로 글을 쓰다가 회의감이 생겼다. '대체 이 글은 누구를 향해야 하는 걸까?' 아이들은 순전히 이 일의 피해자이기만 한데, 아이들보다는 어른들이 공감해야 할 것 같았다. 아직 여물지 않고 단단해지지 못한 아이들의 파수꾼이 돼 주어야 할 어른들에게 나연의 독백을 들려줘야 하는 게 아닐까, 그래서 아이들이 단단해질 때까지 보호해 줄 수 있는 제도나 담벼락을 쌓는 데 일조하는 글이 되어야 하지 않을까 하는 생각이었다.

하지만 나연의 독백을 쓰다가 어쩌면 그 누구는 너무 멀리 있거나 없을지 모른다는 생각이 들었다. 그럼에도 나연이 너는 '파괴되지 않은 존재'라는 위로로 손을 잡아끌기로 했다. 아이 스스로 문제 해결과 상황 개선의 과정에 필요한 용기를 재충전하는 방향으로 틀었다. 삶은 부조리를 딛고 넘어서서 앞으로 나아가야 하는 일인지라, 음습한 방공호로 들어가서 시간과 상황을 견디기만 해서는 안 되니 너의 건강함을 바라보자고. 넌 파괴된 아이가 아니니 길을 찾자고. 길은 찾는 자의 몫이라 하니까.

울타리가 없는 황망한 너른 들판에 초식 동물처럼 무력하게 나앉은 아이들이 많다는 사실을, 어른들이 알아 줬으면 좋겠다. 그러니 아이가 미처 못 보는 걸 볼 수 있다면 손이라도 잡아 주고, 위험하다고 소리쳐 주는 어른이 많아지기를 바란다. 부디……. 나연의 독백을 보고 적어도 "세상에 저런 나쁜 부모가 어디 있냐?"거나 "왜 거절을 못 했냐?"거나 "저도 좋아서 그랬겠지."라고 말하는 사람은 없기를 바란다.

2022년이 시작될 즈음

박하령

나는 파괴되지 않아

1판 1쇄 발행 2022년 1월 7일
1판 6쇄 발행 2023년 11월 15일

지은이 박하령

편집 이혜재
디자인 MALLYBOOK 최윤선, 오미인, 조여름
제작 세걸음

펴낸이 이혜재
펴낸곳 책폴
출판등록 제2021-000034호(2021년 3월 15일)
전화 031-947-9390
팩스 0303-3447-9390
전자우편 jumping_books@naver.com

ISBN 979-11-976267-1-5 (43810)

너와 나, 작고 큰 꿈을 안고 책으로 폴짝 빠져드는 순간
책폴

블로그 blog.naver.com/jumping_books
인스타그램 @jumping_books